境界に生きる

暮らしのなかの多文化共生

Sohn Mihaeng
孫　美幸

解放出版社

まえがき

四十代をこんな社会状況で迎えるとは思わなかった。

一九九〇年代、十代後半から二十代にかけての学生時代、朝鮮半島への植民地支配について当時の政府関係者からも率直な謝罪の言葉が発信され、日本と朝鮮半島の狭間で生きてきた私にとっては、これから本当に平和な時代がやってくると感じていた。

その後、二〇〇〇年代、二十代半ばで就職して社会人となり、私は京都市の公立中学校の教員として採用が決まった。市民運動を地道に続けてきた先人たちの努力の結晶の一つである、国籍条項撤廃の流れの恩恵を受けることができた。日・韓共催のサッカーワールドカップがあり、その後韓流スターたちが日本を席巻する時代に突入していった。あからさまに韓国や朝鮮半島に対する差別を口にする時代にもう後戻りすることはないと思っていた。

二〇〇〇年代後半、三十代で社会人から大学院生になり研究者を志すようになったころ、地底をはうように流れ続けていた不穏な空気が少しずつかたちを変えて、ついに表面化したのがヘイトスピーチの事件であったといえるだろう。

そして、二〇一〇年代も半ばを過ぎ、私も四十代になった。いまも続くヘイトスピーチの事件やネット上の差別的な発言は、平穏な日常を脅かし続けている。しかし、二〇一六年にヘイトスピーチ解消法が成立し、まだ不十分な点が多いとはいえ、各地方自治体に確実に波及していっている。

今後、それぞれの職場で、学校で、地域で、どのように実質的なものとして活用していくかが問われている。

四十代になった私の目にいまの日本社会は、どんどん排他的、不寛容になっているように映る。そして、政治は右傾化、保守化していき、歴史認識をめぐるバックラッシュ（揺り戻し）が激しさを増し、人と人との分断は進むばかりのようにみえる。

そのような状況のなか、専門家や評論家の発言は一般の人々からますます遠くのこと、自分とは関係ないことのように映り、改善の糸口がみいだせていないのではないだろうか。

本書は、日々の暮らしのなかで、平和や多文化共生をどのように考えればいいのか、遠くの他者のことではなく、自身の問題としてとらえられるように、そして、平和、多文化共生、自然環境などが根幹のところで地続きにつながっている課題であることを実感できるように、私と家族のライフストーリーを軸にエッセイを編んだものである。

在日コリアンの父親と韓国釜山《プサン》出身の母親をもつ私と家族の訪韓のエピソードを皮切りに、

韓国での留学時代、中学校での人権学習、二つの名前、子どもたちの発言、生死に向き合うこと、自然とのつながりなど、私が日々の暮らしのなかで感じていることを平易な言葉で綴っている。

国籍に対する親戚《しんせき》の意見や日韓関係など、大人の事情は複雑でも、わが家の子どもたちやその友だちとのやりとりには希望の光がさしている。大きな概念をふりかざすのではなく、日々の暮らしのなかで地に足をつけて、平和や多文化共生を考えることの大切さをぜひ感じとっていただければと思う。

今後、五十代、六十代、七十代……、いつまで生きているか先のことはわからないが、この「まえがき」をどのような気持ちで将来読み返すだろうか。そして、現在小学生の二人の子どもたちが大人になったとき、幸せに生きることのできる社会となっているだろうか。

ノーベル賞を受賞した作家、スベトラーナ・アレクシェービッチは「一人の話は個人の運命だが、数百人が語ると歴史になる」と語った。この言葉の重みを受け止めながら、平和と多文化共生をあきらめないことを誓う。本書が微力ながらでも、平和な歴史を紡いでいこうとする人々の気持ちに寄り添うことができれば幸いである。

孫　美幸

境界に生きる……もくじ

I 日本と韓国から複数の世界へ

母の口癖

「ほな、いこか」

日曜日の午前中、子どもたちを連れて実家に向かう。夫と車に乗り込み、「じいじとばあばの家行くで」と言うと、二人とも「わ〜い。やった〜！」と、チャイルドシートの上でぽんぽん跳ねた。もうすぐ二歳になるころだった下の子は、「ばあばとごはん？」と私に確認した。

「うん」と私は黙ってうなずいた。

「今日も山盛り用意してあんにゃろな……」

母は、韓国釜山の出身で、在日コリアンである父とお見合い結婚し、約四十年前京都にやってきた。日本に来てすぐに私を妊娠、出産しているので、私の年齢はそのまま母が日本で過ごした年月になる。母はいつも料理を大量に作った。そんな大きな鍋で？というくらいの鍋が家にはいくつもあった。私が幼いころはあまり気にしなかったが、いつも「食べなさい。たくさん食べなさい」という母の口癖は思春期あたりから私をかなりいら立たせた。「そんな食べれへんやろ」と何度言っても、大量に作り置きする母の癖は直らなかった。

結婚して私が妊娠したことがわかったとき、母の「いっぱい食べなさい」は相変わらず健在だった。丈夫なあかちゃんを産むには「カルシュウムやで」と、小魚チップスを何箱も買ってきた。出産した直後の病院でも、カステラやいちごなど甘いものを持ってきて、「私もこんなん食べたかったしな」と部屋の冷蔵庫に置いて行った。私はもう半ばあきらめて、「ありがとう……」と空返事だけし、適当に食べたり、夫にあげたりしていた。

孫ができると、母のテンションはどんどん上がり、「いっぱい食べなさい」に拍車がかかってきた。さすがにまずいなと思った私は、「子どもたちこんな食べられへんし」と言って母に返したり、家に持って帰って自分で食べたりすることが続いた。ただ、私も四十代となり、十代や二十代のころとちがって、母に少し歩み寄る余裕も出てきた。

それは母の生い立ちを思うときだった。

母の「たくさん食べる」「いっぱい食べる」ことへのこだわりは、母の幼少期の思い出に重なっていた。母は小さいころ、たいへん貧しいなかで過ごしてきた。学校は小学校二年生くらいまでしか行った記憶がない。道端で畑の野菜を売ったりして過ごしてきたという。だから、「お腹いっぱい食べる」ことのこだわりは、人一倍強かった。母は大柄で、食事をしているときは、本当に幸せそうだった。

「そやな。お母さんも苦労したし、しゃあないな……」と「いっぱい食べる」ことを受け止めようとしていた私に、ふと新たな母の挑戦が、目の前に立ちはだかった。週末実家に戻るたび、母から別の言葉が現れた。

それは、「いつか孫を連れて海雲台《ヘウンデ》の海行くのが夢やわ」というものだった。

この言葉が、一カ月、二カ月と続くうちに、あきらめも混じっていき、そして、「母が元気に動けるうちに行くのがいいかな」という「娘のすべきこと」みたいなやっかいな感情も湧き出し、三カ月目に私はこう言った。

「じゃあ夏休み、久しぶりにイモ（韓国語で母方のおばさん）の家行く？」

みるみる笑顔になった母は、「もう全部まかせるわ。飛行機も、時期もあんたらに全部まかせるし！」と満面の笑みを浮かべて言い放った。父は「大丈夫か……」と少し心配そうな表情を見せながらも、仕方ないかという様子で私たちを見守っていた。

希望を紡ぐ子どもたち

夏休み、韓国釜山に行くことになったので、私は飛行機のチケットをとったり、釜山のイモと連絡をとったりして、少しずつ準備を整えていった。

「あ、そうそう子どものパスポートとらなあかんし、申請行ってきてや」

子どもたちのパスポートは夫にまかせてある。結婚したとき、私は韓国籍のまま、名前も「孫」をそのまま使うことを選択した。選択というより、それが自分にとってはとても自然だった。夫は日本国籍で日本名、私は韓国籍で韓国名を韓国語読みでということにした。

子どもが生まれて悩んだのは、まず名前をどうするかということだった。私は自分の経験上、日本語でも韓国語でも読める漢字が絶対にいいと思っていた。

私の名前「美幸《みゆき》」は、両親が日本の神社で書いてもらって、そのままつけたものだった。大人になって、「なんで韓国語の音も考えんとつけたん？」と聞いたところ、母からは「あんたは日本で暮らすのに、そんなこと考えへんかったわ」と言われた。両親にとっては、私が韓国語読みの韓国名で暮らすなんて想像もしなかったのだ。

とにかく、私はどちらの音でも読める漢字を探した。そして、夫のお気に入りの漢字と私の韓国語へのこだわりが影響し、長男は「悠真《ゆうま》」、長女は「佳蓮《かれん》」と名付けた。韓国語でも、「ユジン」と「カヨン」というように普通に読めるものにした。

ただし、国籍については一筋縄ではいかなかった。二人の出生届をもちろん日本では提出した。しかし、韓国にも提出しようとしたところ、両親、親戚、知り合いのおばさんまで、「そんなことしんほうがいい！」と言いだした。届け出の仕方が複雑だということ、日本で生まれて日本の名前があるんだから、韓国に届ける必要ないじゃないかなど、いろいろな意見があり、私も全部聞いてたらなんだか面倒になってしまった。そのまま韓国には出していない状態が続いている。

日本のパスポートを申請に行くと、夫は窓口の職員からこう言われた。「奥さんの姓の『孫』をミドルネームとして入れられますよ」

「それいいやん！」と思い、そうしようかなと両親に話すと、またまた猛反対。両親には「韓国人」という理由でこれまで差別されてきた経験が体に刻み込まれていて、私が言うような「文化の混ざり合いで育つし、国籍も複数でいいやん」というスタンスがなかなか受け入れられない。ただ、外国に行ったとき、やっぱり親子と証明できるものがパスポートしかないなら、次回子どもたちのパスポートを更新するときには、ミドルネーム版もいいなとまじめに考えている。両親には言ってないけど……。

子どもたちのパスポートをそろえ、「あとは……？」と考えたとき、私と母の再入国許可証のことを思い出した。いつもならさっと近くの入国管理局に行って手続きしてしまうのだが、今回はちょっと様子が違った。二〇一二年七月に制度が変わったのだ。再入国許可をとらなくても、「みなし再入国」ということで、「特別永住者（第二次世界大戦終戦前から引き続き居住している在日韓国人・朝鮮人・台湾人およびその子孫の在留資格）」であれば出国から二年以内、「在留カード」をもつ外国人であれば出国から一年以内、スタンプ（許可証）なしで再入国できるというものだった。ただ、外国にルーツをもつ私の友人たちは一様に「みなし再入国なんて心配。外国行ってる間になんかあって戻ってこれなくなってみ。日本に入国できひんで。絶対再入国とっていき」とアドバイスしてくれた。

私もそうやなと納得し、再入国許可証をとりにいった。しかし、両親は「そんなんいらんやろ。いくのも面倒くさいし」と、案の定、私の言うことを聞いてくれない。「ほな、お母さんだけ韓国にずっと暮らすことになって、日本に帰ってこれなくなってもいいの？」と聞いても、「そんなんならへんやろ。いらんいらん」という両親。話にならず、出発まで平行線のまま。母は、「みなし再入国」で出国することにした。

その年の八月に入ると、違う心配の種も出てきた。なんだか竹島（韓国語で独島《トクト》）をめぐって、日本政府と韓国政府の情勢が良くないのだ。八月初めには、当時の大統領が竹島に上陸のニュースが流れてきた。これに心配したのは、私の夫の両親だった。「美幸さんのお母さんがいるから大丈夫かと思うけれど、心配になって……」と電話があった。あまり心配させてもと思い、「親戚と一緒にいるから大丈夫です」と言っておいた。ほんの十日くらいの滞在なのに、なんだかいろんな大人の事情で疲れちゃうなと思っていたころ、悠真が側にやってきた。

「おかあちゃん、アンニョンハセヨと、あともっとおしえて」

釜山のイモのところに行って、最低限のあいさつは言えたほうがいいなと思い、子どもたちに、「こんにちは（アンニョンハセヨ）」「ありがとう（カムサムニダ）」「おいしいです（マシイッソヨ）」を何日か前から教えていた。子どもたちはどんどん覚え、ある日悠真がこんな話もしてくれた。

「おかあちゃん、きょうゆうま、おともだちにアンニョンハセヨおしえてあげたで。みんなじょうずやったわ」

静かに悠真を引き寄せ、彼の小さな顔をじっと見つめた。悠真は、保育園のクラスのお友達に、簡単な韓国語教室を開いていた。そして、悠真の韓国語にあわせて、お友達も一緒に韓国語を話していたのだった。大人たちの喧騒をよそに、子どもたちが希望の紡ぎ方を教えてくれた。

国籍って何だろう？

二〇一二年八月二十四日、ついに釜山に行く日がやってきた。

関西国際空港から出国手続きに向かう。出国審査のカウンターが近づいてきた。何も悪いことしていないけど、なんだかいつも緊張する。「再入国許可」をとった私のパスポート。窓口の職員がスタンプを確認し、「うん」と大きくうなずいたのが見えた。すぐに手続き完了。「みなし再入国」の母。職員から「みなし再入国」の説明を受け、説明用紙をはさんでもらっていた。母は「ふんふん」と説明を聞いている様子で、しばらくしてからゲートを出てきた。「なんか言うたはったけどようわからんわ」と一言。「やっぱりあんたの言うとおりスタンプもらいに行ったらよかったわ」と続けた。私は、「何回も言ったやんか……」と心のなかでぶつぶつ言いながら飛行機に向かった。

釜山に着いて今度は韓国の入国審査。佳蓮を抱っこして私がパスポートを渡すと、「子どもは日本国籍ですか」と韓国語で聞かれた。私は「ネー（はい）」と答え、無事入国できた。出国、入国のカウンターを通るとき、自分の国籍、家族の国籍をこれからどうすればいいかという迷いは消えることがない。

最近はこのような体験や思いを、学校で子どもたちに話す機会がずいぶん増えた。授業は、たいがい「人権学習」ということで、「在日コリアンへの理解と共生」をテーマに実施される。いろいろな学校に行くと、先生方との事前打ち合わせで、こんな内容を講演のなかに入れてほしいという希望を言われる。私の話の後にまとめの授業をするということもあり、ある程度はメドをつけておきたいのだ。

そのなかで必ず言われることに、「日本で暮らしながら韓国籍でイヤだなと思ったこと、差別されたことって何ですか」というのがある。その話を入れることで、「在日コリアンの人は日本でこんな差別を受ける。だからやめましょうね」って言いやすいのかもしれない。でもあえて言うと、「国籍が韓国で日本で暮らしてるとイヤなこともあるでしょう」ってもうすでに思われていること自体が、イヤなことだと思う。

自分が日本で暮らしていて韓国籍のままなのは、その「あいまいさ」が私らしいからだ。もちろん、「帰化」するっていう方法もあるし、私の親戚や友人でその選択をしている人も多い。しかし、この「あいまいさ」を肯定してくれる人はなかなかいない。

私の結婚する相手が日本国籍であるとわかったとき、韓国にいる親戚のおじさんは、「日本人と結婚するんだから日本国籍に変えたほうがいい。夫婦は一緒の国籍がいい」と言った。「なんで勝手に決められなあかんの?」と思ったが、たとえば、どこかの国で紛争が起こって自分の国の大使館に逃げ込まないといけないとき、家族のなかで国籍が異なっていたら混乱するかなと思うと、おじさんの言うことにも少し納得した。ただ、私が決めることで、おじさんの決めることではない。

私の周囲だけではない。制度として「あいまいさ」を否定するシステムが成立していたりすると、自分の力ではどうにもできない。

まだ大学生のころ、留学を考えていた私は奨学金の応募を考えていた。わが家は経済的に余裕がなく、留学費用なんて出してもらえるはずがなかったからだ。いろんな財団や政府系の奨学金の募集要項を集めたが、そこでひっかかったのはすべて「国籍」だった。政府機関のものは、ほぼ全滅だった。募集要項の最後のほうに必ずある「日本国籍所持者のみ」っていう項目にひっかかり、応募できなかったのを覚えている。結局、うまく応募できる奨学金がみつからず、日本育英会（現在の日本学生支援機構）の奨学金で貯めたお金をもとに、一年間ソウルへ行った。たしかにそのときは、もし自分が「日本国籍」ならもっといろんなチャンスがあったかもしれないって思った。しかし、だからといって「あいまいな自分」がもうイヤだって思ったことはいままでない。

私の話を聞いた中学生たちには、「あいまいな自分」と「国籍」との関わりが十分に伝わったのだろうか。

「質問です。なぜ孫さんは日本で生まれたのに韓国国籍なのですか？　なぜ孫さんは吉多《よした》という名前だったのですか？」

「日本人になりたいですか。国籍は変えないのですか」

「日本はあと日本国籍をもっていないといけないという事が多すぎる。今の時代そんな考え方はふるい。日本がより人にやさしい国になるには国籍なんてかんがえない国にならないといけないと思う。常任理事国になるなんて、こういうことをしてからじゃないと、きっと認められない」

「私のとても仲良い友達も在日韓国人らしい……。でも、知る前と後で変わったことは一つもありません。きっと私達の年代の人はけっこう『あんまり関係ない』と思ってる人が多いと思います。けど、同じように思ってない人も少なからずいると思います。いいところもあるし、不利なところもあるかもしれないけど、私たちとあんまり変わらないと思ってます。もしあるなら……国籍？くらいしか思いつきません」

「僕は別に外国人が教師になっても、日本人と同じあつかいをうけてもいいと思います。もしかしたら、日本人にない考え方が外国の人にあるかもしれないからです」

「日本で生まれて、日本で育って、ずっと日本にいるのに外国人登録証とかもたないといけないのは、なんか変だと思った」

子どもたちも「国籍」について、いろいろ迷ったり、混乱したりしているのがよくわかる。でも、これだけは伝えたい。「わたし」は「わたし」。国籍が何であれ、いまここにいるのは「自分」しかいないってことを。

My memories in Seoul 1996

釜山のイモの家に着いた翌日、朝からバスに乗って海雲台へ。久しぶりに韓国のバスに乗った。十代～二十代の男の子たちがたくさん乗っていた。途中でハルモニ（おばあちゃん）が乗ってきたので、韓国なら当然席を譲るだろうと見ていたら、誰も動かない。

「あれ？　韓国ってもっと違う感じやったけどな……」

私が以前見た光景を思い出した。ハルモニだけでなく、重い荷物を持っていたら、すっと手を出して座席に座っている人が持ってくれる、そんなことが当たり前に行われていた。「時代が変わってきたのかな……」。そう思わずにはいられなかった。

私が韓国の街を一人でバスや地下鉄に乗って生活していたのは、一九九六年、大学四回生のころだった。大阪外国語大学（現、大阪大学）の朝鮮語専攻だった私は、三回生終了後一年間休学して、ソウルの延世《ヨンセ》大学語学堂で過ごすことに決めた。一人暮らしもしたことがなく、留学生活も初めてで、しかも片言の韓国語できりぬいていかなければならなかった。当時は、同じ時期に朝鮮語専攻の友人たちも留学していたので、よくお互いの下宿を行き来した。私は延世大学のある街、新村《シンチョン》で暮らしていた。友人たちは、高麗《コリョ》大学にいて、新村から行こうと思うとバスに乗って一時間ほどかかった。いまは地下鉄も通っているので、もう少し短い時間で行けるのではないだろうか。

暑い八月のソウル、高麗大の友人に会って、下宿に戻ろうとバスに揺られて窓の外を眺めていた。乗ってから四十分ほど経っただろうか、夕暮れ時、外はだいぶ暗くなっていた。

突然、バスの運転手のおじさんが、「これ以上行けません。おりてくださーい」と大声で叫んだ。バスの乗客は次々と降り、私も慌ててその後に続いた。道路を見て冷や汗がにじんだ。バスの行く手を阻んだのは、学生たちであった。学生たちは手に火炎瓶をもち、順番にそれを道路に置きながら、道路を封鎖していた。「やばいな……」と私は思った。それは数日前の出来事が頭によぎったからだ。

学生デモが激しくなってきたころ、大学の正門前をたまたま友人たちと通った。辺りは落ち着いていたが、「苦しい……」「気持ち悪い」と何人もが言い出し、慌てて地下道の中に走って逃げた。前日のデモで、学生たちが投げた催涙弾の残り香がまだ近辺に漂っており、息もできないくらいになったのだ。友人たちに、「目をこすっちゃだめ！」「しばらく休憩して！」と言われ、なんとか我にかえった。

九〇年代の日本でのんびり大学生活を過ごしてきた私にとって、体を張って武器を使い、デモをする学生たちの姿は本当に別世界だった。日本でも六〇年代にあったようだけど、過去の遺物にしか思えていなかった。その「遺物」が突然眼前で暴れ出し、傍観しながら巻き込まれていく自分に戸惑うしかなかった。

暗い街の中、突然バスから降ろされた私は、とりあえず近くの人をつかまえて聞いた。「新村はどっちですか?」。幸いなことに、私がいたのは、新村から南に歩いて十分ほどの所にある西江《ソガン》大学の前あたりだった。私は一目散に新村の下宿を目指して走り出した。横を通り過ぎる学生や火炎瓶は見ないようにして、とにかく走った。なんとか下宿にたどりついたものの、下宿の窓から焦げ臭いにおいが染み入ってきたのを覚えている。

あれから約二十年、いまの学生たちは当時の私のように、激しい学生デモは「過去の遺物」だと思っているのだろうか。それとも、まだいつでも再生できるような「生きた記憶」になっているのだろうか。

バスはあっという間に、海雲台に着いた。

それぞれのKOREA

海雲台ビーチはパラソルでいっぱいだった。八月下旬だったが、海水浴客も多かった。観光客たちからは、英語、日本語、韓国語、その他いろんな言語が聞こえてきた。私が以前イモのところに遊びに来たときより、辺りはずいぶん開発されて、リゾート色も強くなっていた。「孫と一緒に海雲台に行きたい」という夢が、目の前の現実になろうとしている母。母は海に向かって走り出し、私の夫、悠真、佳蓮もそれに続いた。イモと私はゆっくり後ろを歩いていった。パラソルの下で砂遊び、波打ち際で足をつけて遊んでいると、同じように小さな子どもも連れの家族がいるのに気づいた。白い肌に、ブルーの目をした女の子。お父さんと一緒に私たちの側で遊び始めた。それを見た悠真と佳蓮も一緒に混じって、追いかけっこをしたり、砂を投げてじゃれあったりした。子どもたちを見ながら、親同士もお互いに笑いあった。「英語圏の人かな?」と思い、とりあえず英語で話しかけた。

「Where are you from?」

「ah……?」

聞こえなかったのかなと思い、もう一度尋ねてみると、「Russia」という返事が聞こえた。そっか、ロシアから来たから英語じゃないよね。日本語、ロシア語、韓国語、英語と、それぞれが好きなように話しだした。子どもたちをお互い見守りながら、なんとなく通じ合っていた。

言葉を越える感覚。その記憶も私のなかにまだ昨日のことのように渦巻いていた。ソウルに留学していたころ、世界中から集まった友人たちとの会話はいつも刺激に満ちていた。とくに韓国の語学堂で新鮮だったのは、世界各国から集まった「KOREA」をルーツにもつ人たちとの出会いだった。中国、ロシア、アメリカ、ドイツ、オーストラリア、日本など、私のようにひいおじいちゃんの世代から戦争のために、仕方なく移住せざるをえなかった人たちの子孫もいれば、もう少し後の世代で新天地を求めて自ら移住した人たちの子孫まで、さまざまであった。

そんななか、クラスメートに私と同じ名字の「孫さん」がいた。彼女は「ソンミンソ」という名前で、私よりも少し年上だったと思う。日焼けした肌に、いつもリラックスした雰囲気が漂う、素敵な女性だった。彼女はアメリカからきたが、事情があって学期の途中で帰国してしまった。ミンソとの会話で印象に残っているのは、自分のおじいちゃんの話題だった。

ある日、家に新しいテレビを買うことになり、「SONY」の製品を買うことにした。日本の電化製品がいいのはわかっているが、植民地支配の経験で、日本にいい印象がない世代である。そこで、ミンソのおじいちゃんは、一番納得のいく方法をみつけた。「SONY」のテレビを買って、黒マジックで必死に「Y」を塗りつぶした。そして、「SON」となったテレビの前で、安心して番組を見ていたという。おじいちゃんは、あっという間に「SONYのテレビ」から、「ソンさんちのテレビ」にしてしまったのだ。

その話をしながら、ミンソは「もう笑えるよね。この世代って仕方ないよね」とよく私に笑いかけた。私も一緒に大笑いしながらうなずいた。移住したおじいちゃんたちの世代、一世や二世はつらかった記憶を、血を吐くように告白することが多い。大事な話をきちんと受け止めないといけないと思うあまり、そこからどうしようもなく重い気持ちが体中をうごめいて、立ち上がれそうにないことが何度もあった。しかし、二・五世や三世たちが、いい意味でそんな話を笑い飛ばせるのに正直ほっとした。育ってきた文化背景や言葉はまったく違うけど、なんだかつながりあっている、そんな感覚を留学していたころに手に入れたように思う。

砂浜にいた子どもたちは遊び疲れたのか、「おかあちゃんおなかへった~」と言いにきた。「じゃあ、キムバッ（韓国のり巻き）でも食べにいこー！」と、ロシア人一家に手を振り、海雲台を後にした。

そういえば、日本はロシアとも領土でもめてたっけ。帰りの地下鉄、出会ったロシア人親子を思いながら、そのギャップがおかしくもあり、少し恐ろしくも思えた。

歴史を超える糸

朝から天気がよく、今日も釜山は真夏日になりそうだ。外からセミの鳴く声が聞こえてくる。虫大好きの悠真は、なんとか韓国でセミをとりたいと、朝から父親にせがんでいる。京都のうちの周辺では、アブラゼミが低いところに止まることもあって、素手でそっと近づいてとれるのだ。韓国でもそうやってとれるはずだと、悠真は信じている。その様子を見ていたイモが、「じゃあ、平和公園に行ってきたら？」と言ってくれた。公園の中に木も多いし、きっとたくさんいるんじゃないかというのだ。イモの暮らす龍湖洞《ヨンホドン》から、車で十五分くらい。タクシーに乗っていくことにした。

公園の正門で降りて、中に入ろうとすると、両脇にいた兵隊さんから母が呼びとめられ、「靴をきちんとはいてください」と注意された。母はちょっと足が痛かったので、靴のかかとをふんでサンダルのようにして履いていたのだが、ここでは身なりをきちんとしないといけないということらしい。

イモが「平和公園」と呼んでいたのは、「ＵＮ公園」、つまり朝鮮戦争のとき戦った国連軍が埋葬されている墓地のことである。その周りに公園が整備されているのだ。韓国にいると、人々の日常のなかに戦争の傷跡を感じることが多い。

私がソウルで暮らしていたころ、日本の友人たちが留学中の私を訪ねてくれたことが何度かあった。それも夏休みの暑い日だったのを覚えている。友人たちは空港からバスに乗り、私の住む新村まで来てくれた。私の顔を見るなり、二人の友人は「みへん〜」と半分泣き顔で走ってきた。「どうしたん?」と聞くと、どのバスに乗るかわからず二人で「シンチョン! シンチョン!」と言いながら、バスを探したらしい。バスに乗ってもどこで降りるかわからず、運転手に「シンチョン?」と尋ねながら、やっとの思いで到着したとのこと。私の顔を見てほっとしたようだった。

私は二人をバックパッカーが多く泊まるゲストハウスに案内し、一緒にソウルの街を散策した。観光名所である朝鮮王朝の王宮、景福宮《キョンボックン》にも向かった。一九九六年はちょうどその前にあった国立博物館、つまり旧朝鮮総督府が解体されているときだった。解体については、賛成や反対の議論がいろいろとあったが、韓国政府は結局解体することに踏み切った。現在は解体された一部が、移転した博物館内に保存されている。

私がソウルに暮らし始めたころは、まだ王宮の前に国立博物館があり、その中にも入って見学することができた。大理石で作られた立派な建物で、植民地支配の歴史がその中に凝縮されていた。「支配する」ということがどういうことなのか、それは博物館から一歩外に出ればすぐにわかった。景福宮の前にどっしりと構えられた巨大な建物は、王宮やその後ろの山々の風景すべてを隠すように造られていた。それは、「支配されるもの」にとっては見るだけで息も詰まるような光景だっただろう。その土地の文化や風習を無視して、自分たちの論理だけを押し通す、植民地支配の考え方そのものだった。

少しずつ解体されていく建物を見ながら、これが無くなれば後ろの王宮も山々も青瓦台も、全部きれいに見えるんだろうなと想像していた。そのとき、友人の一人がふと小さな声で私に言った。

「私のおじいちゃんここで働いてたんだって」

その言葉に少し動揺したが、すぐに笑顔で「へーそうなんや……」とだけ返事した。歴史をさかのぼれば、彼女のおじいちゃんと私のおじいちゃんが出会い、言葉を交わすことはなかっただろう。彼女のおじいちゃんは若い時代を官僚の一人として赴任地のソウルで働いた。私のおじいちゃんは新しい生活を求めてひいおばあちゃんと日本の京都に渡ってきた。韓国併合の年から百年余りが経ち、その孫たちは友人として、日本で一緒に大学生活を送っている。彼女は韓国に興味をもち、いろいろな場所に行ってみたいとソウルの私を訪ねてきた。彼女はペルシャ語を専攻していたので、中東の文化や言語を私に教えてくれたこともあった。人が時代を越えていろんな場所に移動し、歴史が交錯し、そして私たちがいる……。解体中の博物館の前で、私はただ立ちつくした。

下宿に帰ると、Air Mail が届いていた。フィリピン、ポルトガル、トルコなど、私が留学中、大学の友人たちも世界各国に勉強しにいった。自分の専攻している言葉の国で長く暮らすことが多かった。自分と同じように、それぞれの国で頑張っていることがわかり、手紙を通して元気や勇気をもらっていた。そして、友人たちがまた新しい世界のなかで、自分の考えや世界とのつながりを刷新していく姿が文面から伝わってきた。かすかな希望の糸が、いろんなところで絡みあって、もう少しはっきりした太い紐になっていくような、漠然とした期待をもっていた。

「セミいたよー!」、悠真が走ってきた。一緒に行ってみると、とても高い木の上にいる。今回もとれそうにない。「日本とちがうね〜」と私がつぶやくと、「だってセミの鳴き方もちがうもん」と悠真が言った。それを聞いて母が大笑いした。

「セミも韓国語しゃべってんのちゃうか」

へ?　セミの韓国語?　セミにも文化があるのだろうか?　種類が違うのかな……。そして、昆虫たちは、その土地の人間の歴史をどのようにみてきたのだろうか。

境界のズレに魅かれる瞬間

昨日までの天気が嘘のようだ。台風が近づいている。広安《クァンアン》里《リ》の浜辺には海風がきつく吹いていた。イモが、台風が来る前に早く海辺に行ってしまおうと提案した。近くの食堂で刺身を食べて（もちろんコチュジャンで）、少し離れた大型スーパーでショッピングすることにした。天気も悪いし、先におみやげを買おうというわけだ。広安里からスーパーまでタクシーに乗った。運転手さんの隣にうちの母、後ろにイモ、夫、私、そして子どもたちをひざにのせた。

タクシーのおじさんがよくしゃべる人で、話しているうちに、隣の母に向かって、「あれ？なんか韓国語ちょっとおかしいですね」と言いだした。その言葉に、イモが「あっちの国から来たんです」と笑いながら付け足した。車内は笑いに包まれた。

日本で暮らして約四十年の母。日常で使う言葉はすっかり日本語が大半になった。貧しい家庭で育った母は学校教育を受けるチャンスがなかったため、母語であるハングルをほとんど書けない。生活していたのも釜山市郊外ということもあり、いまでは使わないような昔のなまりを使う。それを聞くたびに、イモが「いつの時代の言葉？」と母に言っているのを、以前にも聞いたことがあった。

私も韓国で韓国語を使うと、よく言われる言葉がある。それは、「韓国語お上手ですね」だ。今回、子どもたちを母とイモに預けて、夫と二人でショッピングに出かけたが、韓国語を話せない夫の通訳と値段の交渉係は私の役目だった。どの店に行っても私に返ってくるのは、「韓国語お上手ですね」だった。この文章には冒頭に隠された言葉がある。それは、「外国人のわりに」だ。韓国に暮らす彼らにとって、私は「外国人」であり、そのわりに私は韓国語がうまいととられるのである。私が「韓国人」という要素は、一見どこにも見当たらないらしい。「韓国人」であるけど、ちょっと違うなと感じる母への言葉とは、はっきりとした違いがある。境界線はそれぞれ違っていて、ときに大きく変化するのかもしれない。

そんな変化する「境界のズレ」が、大きな魅力にみえた時期があった。ソウルに暮らしていたころ、留学生がお互い「へんな韓国語」を使って話しながら、それぞれの生きてきた文化背景をもろに出し合うことを何回も体験した。

たとえば、ランチタイム。午前中の授業を終えて、近くの韓式食堂でみんなでご飯を食べると、「へ?」と思うときがよくあった。アメリカからきた在米韓国人の子たちが、「ビビンバとコーラ」「スンドゥブチゲとコーラ」「私もコーラ」……と、みんなコーラをたのんでいた。私はその様子を眺めながら、そんな「This is the U.S.A.」みたいなことほんまにやるの? と思ったことを覚えている。毎回コーラを頼んでたから、やっぱりそうらしい。

知り合いの在米韓国人の男の子たちは、みんなフレンドリーだった。朝、学校の教室や廊下で会うと、「アンニョン!(友達間のあいさつ)」の次に来るのは、「ミヘンの今日のイヤリングはすてきだね」とか、「ミヘンにはキラキラしたのがよく似合ってるね」とか、必ずどこか一つ褒めてくれた。たしかに英語で考えると、「You look great today」くらいか？と思うので、軽いあいさつ言葉とはわかっているが、韓国語で聞くとものすごく違和感がある。韓国で生まれ育った人なら、「アンニョン！」のままか、せいぜい「元気？」「ごはん食べた？」を付け加えるくらいだろう。ただ、言葉の魔法はすごいもので、朝から聞くとものすごく気分がいい。そして言ってくれる男の子たちが素敵に見えてくるんだから、不思議である。やっぱり好きになってしまった。彼はすぐに帰国してしまったけれど……。

私の隣で一生懸命服を探している夫を見つめた。同じ職場で恋に落ちたが、やっぱり彼にも「境界のズレ」を感じる瞬間があったかもなと思う。彼は、東北、宮城県仙台市の出身。当時勤めていた職場に、おみやげでもってきた仙台の食べ物がとても珍しく、いろんなことを話してくれた。仙台名物「ずんだもち」は、いまでも私と子どもたちの大好物になっている。そんな「境界」は魅力的であるが、激しく人を切なくさせたり、孤独を感じさせたりもする。

「おかあちゃん、これよんで」

佳蓮がお気に入りのピーターパンの絵本を持ってきた。「ピーターパンもこんな感じかな……」。絵本を読みながら、ネバーランドと現実世界の狭間に暮らす彼がとても愛らしく見えた。

危険のセンサー

釜山市内の移動は地下鉄かバスが便利だ。イモのうちの近くはバス停しかなかったが、母がどうしても「チムジルバン（日本のスーパー銭湯みたいなところ）に行きたい！」と言っていたので、その日はバスから地下鉄に乗り継いだ。

地下鉄に乗るとどうしても探してしまうポスターがある。それは、「国家保安院」のポスターだ。これが気になり出したのは、私が留学していたころからだった。もともと留学にいい顔をしていなかった私の父は、反対の理由を「何が起こるかわからないから」と言っていた。大学生だった私は「何を時代遅れなこと言ってるんだろう」と思っていたが、後から父には身にしみた「危ない」という感覚があったのがわかった。

一九七〇〜八〇年代、在日コリアンの学生で、私と同じように韓国の大学に留学した人たちがいた。時は軍事政権の時代。「スパイ活動をした」など、事実無根の罪で投獄された在日コリアンたちが多くいた。九〇年代に入ったとはいえ、在日コリアンはその国の政治に翻弄され、「何かあれば」真っ先にいろんな矛先が向かう立場だと、父は確信していた。それでも、二十歳になったばかりの私は、「絶対にソウルに行く！」と父の意見を聞かなかった。

ソウル市内を歩きながら、友人に連絡をとろうと思い、電話ボックスに入った。当時はまだ携帯電話は少数で、ポケベルが全盛期だった。音声録音できる韓国のポケベルは「ピッピ」と呼ばれ、待ち合わせなどはいつも「ピッピ」に録音していた。電話番号を押して、公衆電話の下をふと見たとき、緊急のための電話番号一覧が目についた。警察、救急車、消防車と並んで書いてあったのは、「スパイ申告」の番号だった。ニュースでも、「北朝鮮のスパイがつかまった」「潜水艦がきた」など、「スパイ（カンチョプ）」という単語が、こんなに日常にあふれていることに驚いた。父の感じていた「危険」はこれのことなんだと、初めて体感した。

それから「スパイ申告」と書いてある文字があると何か気になり、目をやるようになった。それ以降わかったのが、「スパイ申告」を呼びかけるポスターが街中にあったことだった。それが「国家保安院」のポスターだった。当時何が書いてあったかは忘れてしまったが、二〇〇〇年代に入って旅行に行ったとき、書いてあった言葉ははっきり覚えている。

「心は開いても、申告は徹底的に」

この言葉の横には、鎖につながれ施錠されたハートの絵が描いてあった。金大中《キムデジュン》大統領が北朝鮮を訪れ、金正日《キムジョンイル》総書記と会談を行い、平和宣言を出したのが二〇〇〇年。金大中大統領の進めた政策は、「太陽政策」と呼ばれ、北朝鮮との融和や交流が叫ばれた。そんな時代、少しずつ対話を始めたけど、まだまだ気は緩められない、そんな本音がポスターから垣間見えた。

二〇一二年、釜山の地下鉄内で見つけたポスターは、とても小さな広告だった。「大韓民国の安保意識、大きく広がれ！」言葉の横には、タンポポの綿毛が飛んでいく絵が描かれていた。なんかずいぶんトーンダウンしたな。李明博《イミョンバク》大統領は保守政権で、北朝鮮との関係がまた難しくなったと聞いていたけど、ポスターの雰囲気は十年前よりずいぶんやわらかくなった。

二〇〇四年くらいから韓流ブームが始まり、日本人のなかにはずいぶん韓国通の人が増えた。父や私が体感したような「危機感」を感じさせないように、身近な韓国という雰囲気をつくる努力をしているのかもしれない。「スパイ申告」の文字はこれからどんどん小さくなるのだろうか。見せかけだけでも……。

チムジルバンからほかほかになった母が出てきた。私の夫と二人、マッサージにも行ってきた。イモと子どもたちと一緒に、別の場所で待っていた私に、母が心配そうに話した。「ムコ殿は一人で韓国に連れてきたら絶対にあかんわ」とのこと。「なんで？」と聞くと、「マッサージのお姉さんが、ムコ殿がチョンガー（独身）やと思って、声かけてるんやもん。一人やったら心配で心配で……」。母の危険センサーが大きく反応していた。

異国に嫁ぐこと

釜山を直撃した台風もようやく去り、けさは久しぶりに晴れ間が見えた。イモに今日はどこに行こうか相談していると、イモのお勧めの場所があるとのこと。「どこ？」と聞くと、「裏山よ」と笑顔で話してくれた。イモが毎日運動も兼ねて散歩コースにしている、小高い山が近所にあるらしい。イモが龍湖洞《ヨンホドン》に引っ越してきたのも、空気がよく周囲に自然が多いのに魅かれたということだった。近所のキムバッ（韓国風のり巻き）屋さんに寄って、裏山の山道に向かった。

近所の道を歩いていると、壁にたくさん広告が張ってあるのを見つけた。引っ越しや求人など、たくさん張ってある。そのなかに、気になる広告が一枚あった。

「国際結婚　カンボジア、ベトナム、フィリピン」

大きな文字の下には結婚斡旋《あっせん》所の電話番号が書いてあった。東南アジア出身の女性との結婚斡旋、日本でも似たようなことがあるが、なんだかいい気分がしない。東南アジア出身の女性たちを低くみているような気がするからだ。韓国では多文化背景をもつ人たちの移住が増えている。そのなかの一つに、農村地域の男性と結婚する女性たちの存在がある。このような業者があるのも、こういった流れのなかの一つだろう。

海を越えて嫁いできた女性。一番身近なのは私の母である。母は在日コリアンの父とお見合いをして日本にやってきた。日本に来たばかりのころは、言葉がまったくわからずいろいろ苦労も多かったようで、これまで私にいろんな話をしてくれた。

日本のお金の種類がよくわからず、買い物のときはいつも一万円札を出していたので、お財布は小銭でパンパンに膨れ上がっていたこと。私を出産するとき、お医者さんや看護師さんの言っていることがよくわからないなか、逆子だった私をなんとか産んだこと。幼い私を定期健診や予防接種に連れて行っても、保健所で保護者が書かなければならない用紙に何も書けず、自宅と何度も往復したことなどだ。私も小学生のころから、母の代わりに学校でもらってきたプリントを読んだり書いたりするのが普通だった。私が中学生のころ、母は夜間中学校に通い、初めて文字を学んだ。いまでは、私の助けもほとんど必要なくなった。

母は、文字は読めなかったが、人前で子どもの話を堂々とする姿は見事だった。母の日本語はほとんどなまりがない。幼い私と一緒に、テレビアニメを見て覚えたという。キャンディキャンディ、リボンの騎士、メルモちゃん……。小学生のころ、授業参観後の保護者会で、私の自慢話をたくさんするのが常だった。家に帰ってきた母はそれを誇らしげに私に言った。小学生の私は、「どうしてほかのお母さんと同じようにしてくれないの?」とよく困ったものだった。ほかのお母さんは、当然自分の子どもの謙遜から始まるのに……。「うちの子なんてぜんぜんできないんですよ」「うちの子ダメなんです」。そんなセリフを母から聞いたことはなかった。「うちの美幸ちゃんはすごいんです」から始まる母のセリフに、友人たちも面食らった。「美幸ちゃんのお母さん、おもしろいね」は私にとって苦痛の言葉だったのを覚えている。

そんな母がいまでも悔しそうな表情で話すことがある。結婚して京都に来たばかりのころ、身近な人から「韓国とか朝鮮から来たって絶対言ったらあかん。中国人やって言ったらいい」と言われたことだ。自分の生まれ育った場所を言うことが恥ずかしいこと、隠すべきことだと言われたのが、本当につらかったというのだ。「中国も韓国も何が違うの!」と、いまでも怒りを露わにする。

数年前、保育園の親子遠足に母が一緒について来た際、孤立しがちな外国人のお母さんに真っ先に声をかけていたのは母だった。

「どこの国から来たんですか?」

「南アフリカです……」

「私は韓国から来たんですよ。もう三十年以上前だけど」

「あ、そうですか……」

二人は笑顔で話し続けた。「南アフリカってどこにあるの?」とか、「英語も日本語も話せていいわね〜」とか、「お子さんみんなかわいいわね〜」とか、どんどん会話ははずみ、ついには私も一緒の輪に入っていた。南アフリカ出身のお母さんは、私に「あなたはラッキーね。一緒に子育てしてくれるお母さんが側にいて。私なんてみんな遠くて、遠くて……」と話してくれた。

帰り際、母は「気持ちわかるからな」とぽつりとつぶやいた。海を渡って嫁いでいく気持ち。経験していない私はなかなか推し量ることができない。ただ一つ私が言えることは、母が海を越えてやってきた恩恵を、私がたくさん受けつぐことができたということである。

母の影響からか外国語を学ぶことが大好きになった私は、韓国語と英語も学ぶようになり、子どもたちにもいろんな言葉で絵本を読んでいる。自然に子どもたちは言葉や文化に興味をもつようになった。

ある日、近所の国際交流会館のイベントに行った際、いろんな外国語の表示を見て、悠真が「これはえいご、これはかんこくご、これはなんのことば?」と初めて見た中国語の簡体字を不思議そうに眺めていた。「これはこないだ会った陳さんの国の言葉。中国語だよ」と言うと、「ふーん、ちんさんのちゅうごくご……」とまた一つ興味が増えたようだった。聞きなれない言葉を聞くとすぐに、「それはなんのことば?」と確認するようになった。二歳になったばか

釜山広安里の海

りのころの佳蓮でも、「おかあちゃんのえいごがきこえるよ」と話すことがあった。韓国に行ってからは、子どもたち同士韓国語で冗談を言い合うことがずいぶん増えた。韓国の人気キャラクター、ペンギンのポロロのおもちゃと一緒に、歌って踊って笑っている。これからも、私が受けついできた恩恵を、子どもたちにもできるかぎりひき継ぎたい。

イモの後ろについて山を登ると、三十分ほどで頂上近くまでこれた。

「うわ〜！　すごーい！」

子どもたちが声をあげた。眼下に広安里の海岸が一面に広がった。きれいな青のグラデーションが遠くまで広がる。あさってにはこの海を渡って京都に戻る。悠真も佳蓮も、釜山のイモハルモニにすっかりなつき、片言の韓国語も上手になってきた。子どもたちが韓国語を覚えている間に、また来よう。広安里の海に静かに約束した。

II 子どもたちと語り合う共生

「人権学習」は眠たくて面倒くさい？

二〇〇〇年に京都市の公立中学校で、外国籍として初めて教員に採用されてから、子どもたちの人権学習で学校に呼ばれることがずいぶん増えた。短い時間でも、できるかぎり依頼があれば引き受けている。

数校まわった後、子どもたちの書く感想に共通した点があるのに気がついた。

「なんか重い話かなーと思ってたんですけど……」

「『講演』ってもっとしんみりしたものやと思ってた……」

「なんか、むずかしい話ばかりかなぁ～と思ってた……」

「在日韓国人のひとは、もっと悲しいことばっかりで、暗くて差別のことばかりしゃべらはるのかなぁと思っていた……」

人権学習講演の様子

「僕は正直朝鮮人への強制連行の事や在日の人への差別などの何回も聞いた話ばっかりしはるんかなぁと思ってました。(もちろんすごく大事な事だけど)」

「堅苦しい話だと思ってた……」

「もっと気難しい人かなと思った……」


「暗い」「重い」「堅苦しい」「難しい」というような単語ばかりだった。「人権学習」って子どもたちにとっては、苦痛の時間なのだろうか？　よく考えてみると、人権について学ぶことは、一人ひとりが生きていくうえでの幸せや喜びに通じるものとなるはずなのに。子どもたちからは幸せや喜びどころか、苦痛で嫌な時間だったという声が圧倒的に多いのだ。

これでは、「人権学習」というより一種の修行みたいなもんだ。「人権学習」は修行じゃない。何かそれぞれが抱えている悩みや受けてきた傷を少しでも克服できるようなきっかけ作りの場であるし、未来に向けて希望を抱けるような時間であってほしいと思う。

私はこのことを心がけて、子どもたちに語るようにしてきた。短い時間でしか交流できなかったが、初対面の私に自分のつらい体験を率直に語ってくれた子もいた。

「しょうじきあんま人権にきょうみなし。でも孫先生が話してくれたおやのこと、ぼくは小二ぐらいのときお父さんが死にました。だから、孫先生が言っていた、留学のときにお父さんに反対されたとかがワカラない。こんなてがみでいいのかワカラんけど。あと最後に少し言ってた、さべつや国の問題。ぼくはむかしイジメられて、不登校になったことがある。だから人生の一番下を見たから今は人にめっちゃやさしくできると思ってた。でもじっさい何もできてなかった……今はともだち関係もあんまよくないし、ぜんぶ自分のせいってわかってる。人にやさしくできるって思うだけじゃなく、生活のときつねにそれをやりつづけなければならない！なんかへんな手がみになってゴメンなさい。とにかく、ぼくもがんばるんで孫先生もがんばってください。応援します」

「お話のなかでインド人のハーフの子のことがでましたが、私の友だちがアメリカ人のハーフの子なんです。赤ちゃんのときからいっしょに遊んでいたので、小学一年まで常にいっしょにいました。でも、上級生にその子はまだ小一なのに追いかけまわされたりして、小二になるころにアメリカへ帰ってしまいました。それでも、毎年夏休みに日本へ来てくれます。私は今でもその子と手紙のやりとりをしています。なので、孫さんのお話は、とても身近に感じました」

「僕は○○県で生まれて小学校二年生までいました。そこでは、かんこく人の女の子がいて、そのことひっこししてきて最初の友だちになりました。でも、その子は友だちにいじめられていました。僕はそのとき泣いている女の子に声をかけてあげられなかった。だから僕はほかの国の子がてんこうせいとしてきても、いつもどおりふつうの友だちになります」

子どもたちの感想を読みながら、毎回彼らの側にできるだけ寄り添えるような集まりにしたいと願う。いままでどんなことを子どもたちと語り合ってきたのか、子どもたちとの交流の軌跡をふりかえりたい。

「みんな一緒」から抜け出す仕掛け

「じゃがいも」「ガム」「とうもろこし」「米」「ごぼう」……。

子どもたちの前で話をするときに、最初に行うのが自己紹介だ。子どもたちの数が多い場合は、事前アンケートのかたちで行うようにしている。短い時間でできるだけその場にいる子どもたち一人ひとりのことを把握しようとするのはなかなか難しい。

そんなとき、思いついたのが自分を「食べ物」に例えて紹介することだった。もちろん、それぞれ学校の特色があるので、学校によっては「そんなことやらせられません」と断られたこともあった。先生方は、せっかくの人権学習の時間なのに、たとえば太っている子に対して誰かから「おまえブタって書けやー」なんていう発言が出てくる可能性があるかもしれないし、心配だという理由であった。

しかし、これまでこのやり方で実施した自己紹介は、大人の想像をはるかに超えるような、子どもたちのしなやかさがあった。彼らの声を聞いてみよう。

「僕は果物の柿。理由は、ときに激しく怒り、ときに大笑いし、甘いのと渋いのがあるようにすごく気持ちの変化が激しいから」

「栗。栗にはいろいろな食べ方があるように、いろんなことに挑戦していくところが僕と同じ」

「僕はなくてはならない存在のネギ」

「僕は粘り強いガム」

「馬刺し！　ある程度の筋肉と脂肪があるし、うちが農家だから」

「イクラ。ヒョロヒョロで力弱いし、すぐにつぶされそう。小さいし、何かあるとすぐつぶされてしまう繊細なところ」

「れんこん。穴だらけの人生……」

「おでん。色々、いいところ悪いところがあって、一日目よりも二日目、二日目よりも三日目と日を増すごとにおいしくなっていくところが同じ」

「山椒《さんしょう》。小さくてもピリリと辛い。外見よりも中身！」


一つひとつ紹介するたびに、子どもたちから笑いがこぼれる。

「そう言えば似てるなあ」「うまいこと言うなあ」「めっちゃおもろい」「これ書いたん、〇〇君かな？」という感じで口々に話している。最後に、「じゃあ、私の一番気に入ったやつ紹介するわ」と言った途端、それまで騒がしかった体育館の中はシーンと静まりかえった。

「ゴーヤチャンプルー。ゴーヤは苦くて食べられないけど、そこに玉子が入るからゴーヤも食べられる。これは私と同じ感じがします。私一人ではできないことも多いけど、みんなが助けて協力してくれるから一つのことも達成できるというのが私と同じ」

「おーっ！」と歓声が上がった。「ゴーヤチャンプルーって何や？」「ええこと言うなあ」と、またみんな口々に話している。まだガヤガヤがおさまらないなか、私が続けた。「みんなの発想力の豊かさと柔軟さはほんまにすごい。家でアンケート読んで大笑いして感動したわ。ほな次は私の自己紹介の番やな」。子どもたちの目が丸くなって、私を見つめているのがわかる。「孫さんは何て言うんだろー？」って思っているのが視線から伝わってきた。

「私は、韓国のりです」

予想外の食べ物が出てきたようで、始めはキョトンとしていたけれど、「はい、じゃあ家で韓国のり食べる人手挙げて！」と言えば、子どもたち、先生、後ろに座っていた保護者の方まで、ほとんどが手を挙げた。韓国のりは、もうすっかり日本の食卓になじんでいるのだ。続けて「韓国のり好きな人！」って聞くと、また手が挙がる。「おいしいもんなあ」って子どもたちから小さな声が聞こえてくる。

「私が韓国のりの理由はねー、韓国のりと日本の味付けのりって見た目はよく似てるでしょ。でも、食べてみると韓国のりはごま油と塩味がよくきいてるし、日本ののりは甘いんだよね。食べてみたらちょっと韓国風味っていうのが私っぽいんよねー」

子どもたちは、不思議そうに見続けている。「ちょっと韓国風味って何や?」という感じで。自己紹介でうちとけられたら、もう後はちょっと長い話も大丈夫。私にとって食べ物自己紹介は子どもたちとの距離を一気に縮める魔法みたいなもんだ。実は、この後一時間くらい話したはずなのに、自己紹介の時間がよっぽど印象深かったのか、この後の感想文にも自己紹介の話を書いている子が何人もいた。

「今日、孫さんの話を聞いて、私は人はみんなそれぞれおもしろい個性があるんだなと思いました。私たちを食べ物に例える話は、まさか性格を食べ物に例える人がいたなんて、思ってもいなくてびっくりしました。もしかしたら、私は食べ物に例えると、肉まんではなく、栗なのかもしれません。常にトゲトゲしていて、殻に閉じこもりたくなるときもあるところがそっくりです。(しかし、私は栗が苦手なのでした)」

「あの自己紹介のアンケートは、本当にそのとき思ったことを書きました。ホントは柿じゃなくてドリアンだったんです!　色々と書き直したもので……」

「ゴーヤチャンプルー。あれ書いたの私です。ちょっと恥ずかしかったけど大丈夫!」

「私的にソンミヘンさんを食べ物に例えたら、『コーンポタージュ』って感じがしました。コーンポタージュはあたたかくて、まぜたらまぜるだけおいしくなっていくし、だんだん良くなっていく感じがします。あたたかくて、おもしろくて話せば話すほどたのしくなってきます」

最後の感想はちょっと褒めすぎかなって思うけど、せっかく書いてくれたから次の励みにありがたく受け取っておこう。ちょっとした仕掛けで、同じ学校に通う、同じ制服を着た同級生たちが、個性豊かな食べ物に変身してしまう。案外、日常のなかで見落としている「いろんな個性」。「みんな一緒」に安心して裏のほうに隠れているから。

「○○人」の境界が揺らぐ瞬間

毎回人権学習の時間に招かれて一時間くらい話した後、子どもたちが私に手紙や感想を書いてくれる。後からその学校の先生が丁寧に郵送してくれるのだが、封を開けるといつも「私って何話してきたんやろ?」って思うような感想が見つかった。

「孫さんの第一印象は、日本人のようでした。ペ・ヨンジュンとちがって日本語が上手だった。おそらく孫さんは生まれたときから父から日本語、母から朝鮮語を教わってきたと思うが父からの日本語のほうが印象深かったと思う。おそらく英語を入れて、最低三カ国語は読み書きすることができると思う。そこのところは在日する人は少しとくだと思う。聞いていて在日の人の気持ちがわかったと思う」

「コンニチハ（アニョハセヨ）。とてもうまい日本語にびっくりしました。きっととてもがんばったのだと思います。（勉強等）」

「孫先生は韓国籍の方なのに、とても日本の文化や風習をご存じで、話し方もなまりもなく、ネイティブの先生となんら変わりはありませんでした」

「孫美幸さんは日本語がうまかったが、在日韓国人には見えなかった」

「ちょっと変な気分だった。外国人留学生に親近感を覚えれてすごくよかった」

「あんまりわかってもらえなかったなー」と自分の話の内容に反省する。やっぱり「韓国のり」がわかりにくかったか？　そんなことを考えながら、教員に採用されて一年目のころを思い出した。

京都市では、当時外国籍で教員に採用された人が少なく、私はまだまだ珍しい存在であった。教員になってから、子どもたちに言われたことのベスト3は、「先生、なに人？」「先生、日本にいつ来たん？」「日本語うまーい！」であった。なかには、冗談まじりに「おい、孫悟空！」と言っては走って逃げていったり、私が背が高いことにうまく言葉をかけて「そんみえへん」と茶化す子もいたりした。毎日「次は何言われるんやろ？」と半分あきらめつつも、楽しみにしていたのを覚えている。

ある日、「先生、うちの近所にな、見かけ日本人なんやけど、血だけ韓国人の人がいはる」って生徒から言われたときには、笑いを通りこして倒れそうになった。

だって、子どもたちには、少なくとも小学校で人権学習の時間はあったはずだし、中学校にも人権学習はもちろん歴史の時間だってあるのだ。それなのに、目の前にいる私と習ったことがつながらない現実に、「これはまずいな」と真剣に思った。

それから、いろんな学校に呼ばれるときには必ず、「韓国のり」の話をした後、「じゃあ、みんなはなに人ですか？」って聞くことにしている。そうすると、いままで子どもたちのなかで当たり前だった「日本人」と「外国人」の境界が微妙に揺れ始める。みんないままでそんなことを聞く人に出会わなかったのだ。あまりにも当たり前すぎて。でも、その「当たり前」のせいで、悩んでいる人って多いに違いない。子どもたちのもつ境界の揺らぎに耳をすませてみると……。

「〇〇人の境界線ってあいまいだな〜。その、〇〇人って大方は見た目で判断してるけど、日本育ちだから考え方は日本？って考えるとコンランする。各個人によって境界線はちゃうんかな？　うーん、へんなの」

「今日のお話を聞いて、正直に言うと悩んだことがあります。それは、『みんなはなに人ですか？』って聞かれたことです。よく考えてみると、なに人だからこうしなくてはいけないという理由はあってはいけないものなのに、なに人というのを決めるから差別が生まれるのではないのかな？と思いました」

「講演を聞いてまず思ったことは、自分とどこがちがうのだろうということ。日本人の大人というようにしか見れなかった。そこから考えたのは、生まれた国やら、国籍やらで人を分ける必要はないと思う。分けた方がいい部分も多少あるけど、やっぱり自分がなに人だとか、そういうのは自分自身が決めればいいと思う」

「私が将来きまりを変えられるなら、どこの国出身とかじゃなくて人間性で判断できる世の中を作りたいと思いました。文化の違い、言葉の違いはあっても人間であることは変わらないので、世界中の人々が区別なく暮らすことのできる世の中を作っていきたいなあと思いました」

「僕は、孫さんは韓国人だと思っていました。けど、孫さんが在日二・五世と聞き、びみょうだなーと思いました」

小中学生の間に、この「日本人」とか「〇〇人」っていう考え方に対する境界の揺らぎを経験しておくこと、それが大人になったときにジワジワと効いてくるのではないかと思う。以前、こんな出来事があった。

結婚してから自動車の運転免許の更新が必要だった私は、免許試験場に向かった。免許試験場はいつもすごい人でごったがえしているが、毎日たくさんの人数をうまくさばけるように、効率良く事務手続きができるようになっている。でも、この「効率的」に意外な落とし穴が待っているとは想像もしなかった。結婚したパートナーは、日本国籍だったが、結婚届を出しても私の韓国籍に変わりはないし、私の「孫美幸」という名前にも変わりない。ただ、住むところが変わったのでその変更手続きに行ったのである。免許試験場に着いて、まず申請書を書き最初の窓口に持っていったところ、意外な言葉が出てきた。

「はい、免許更新手続きですね。住所と電話番号、それから国籍も変更ですね。国籍のところにも書いてください」

「へ？　私、国籍は変わらないんですけど……」

なんだか窓口に気まずい空気が流れる。それから、窓口の彼女が言った次の言葉に私はかなり動揺してしまった。

「ほら、『韓国』から『大韓民国』に国籍変更でしょ？」

意味のまったくわからない私は、動揺する気持ちをやっと抑えて、

「あの……。『韓国』も『大韓民国』も同じ国なんで変更しなくていいです」

なんとか言いたいことを伝えた。しかし、窓口の女性は私の外国人登録証を指差して、

「ほら、ここに『大韓民国』って書いてあるでしょ。前は『韓国』で登録してあるから、身分証明書どおり『大韓民国』に変更が必要なんです」

「え、でも、同じ国やし、わざわざ変更手続きとかいりません」

そういう私に、窓口の女性は困った顔をして、後ろのスタッフに相談に行った。戻ってきた彼女は一言次のように言いはなった。

「どうしても変更しないっておっしゃるなら、向こうの窓口で交渉してください」

私は、いつのまにか事務の彼女たちにとって「困ったことをごねる人」になっていた。その状況にあきらめた私は、「もういいです。『韓国』から『大韓民国』に国籍変更します」と伝えた。ほっとした様子の窓口の女性は、私に申請用紙を返した。

窓口の彼女たちは、忠実に仕事をこなしていた。一言一句、身分証と申請用紙の記載に間違いがないかどうかを見極め、短時間で効率良く毎日たくさんの数の仕事をこなしていく。しかし、「韓国から大韓民国に国籍変更する」っていう言葉の奇妙さには気づいていないようだった。いや気づいていても、細かく対応する暇がなかっただけかもしれない。私よりも年上の女

性に向かって、「韓国と大韓民国は同じ国」とか言ってる私も滑稽に思えて仕方なかった。でも、そこで「ほんと同じ国で変更とかバカバカしいけど、一応IDどおりに書いてくれる？」とか言ってくれる人もいなかった。後ろでヒソヒソと「あの人変更したくないって言うんです」って困った顔の彼女たちの姿が忘れられない。「正しい彼女たち」と「間違っている私」がそこにいた。

もし、「日本人」「日本国籍」「○○人」「○○国籍」っていう言葉自体のもつ境界の揺らぎにもっと敏感な人がたくさんいたら、私の免許更新の話は単純な笑い話になるだろう。目の前の中学生たちが大人になるころには誰もがこれを笑い話と思えることを期待して、私は彼らに問い続ける。

「みんなは、なに人ですか？」

先生になった理由

「みんなが今一番なりたくないって思う職業は何ですか？」

授業の合間や学級の時間、他の学校の生徒にも聞いたことがあった。子どもたちの答えは、いろいろあるが多いものから並べるとこんな感じになる。

サラリーマン、医者、教師、政治家、宇宙飛行士、フリーター、ゴミ回収、警察、消防士、保育士、トイレ清掃、工場の従業員、頭を使う仕事、下水処理場の職員、建築士、ホームヘルパー、だれもが普通にまねできるような仕事、消費者金融、やたら怒られる仕事、マグロ拾い、マクドの店長、内職、人の解体、OL、英語を使う仕事、ビルの窓拭き、弁護士、高いところにのぼる虫にたずさわる仕事、コンピューターに向かう仕事、ガソリンスタンド、自衛隊、とび職、石油王……。

「そんな仕事あるのか？」っていうのも含まれているが、みんな一応答えてくれた。

「実はこれ、心理テストやねん」と言うと、子どもたちはギャーギャー騒ぎ出した。「これな、実は心の奥で一番なりたいと思っている職業なんやって」。そう言うと、「えー、いややー」「あたってないし」「うそー」とみんな叫びだした。

この心理テストは、私が高校生のときに古典の先生から言われたものだった。そのときも、クラスのみんなが順番になりたくない職業を答えていった。私はそのとき、なにも迷わず「教師！」って答えていたのだ。だって、先生ってなんかヘンなあだな絶対つけられるし、やたら忙しそうやし、たいへんそうって思っていた。高校生のころ、「これ心理テスト」やでって言われたときは、「うそ～！」って、いま自分の目の前にいる子どもたちと同じように言ってたんだから。

高校生のころの話をして、「案外当たるかもよ」と子どもたちに言うと、またみんなゲラゲラ笑って騒ぎだした。その後の感想文にもこの心理テストのことを何人もが書いていた。

「孫さんに聞かれた一番なりたくない職業のときに、僕はタクシードライバーって言ったけど、それが心理テストだとは思わなかった。けど、僕が一番したい職業は、バイオリン職人です。なぜかは、今バイオリンを教えてもらっているからです。けど、孫さんの話を聞いて、教師もやってみたいと思いました」

「嫌な職業は同じく先生ですが、なりたい職業も先生です」

「今回話の途中にでた心理テスト絶対に信じません。というより信じたくありません。あのとき、頭に出て来た職業『医者』。無論、僕はかぎりなく頭が悪い（究極に記憶力がない）ので、なろうと思っても、これからかなりの努力が必要だと思いますけど、まずなりたくありません。たとえ、人をたすけるためであっても人の体にメスを入れ、内部を見るなんてどうしても考えられません。恐らく、三秒以内に気絶、又は気持ち悪くて再起不能になるでしょう。ということで今回の心理テストは信じられませんでした」

「私は通訳の仕事がイヤだなぁ～と思いました。それは、英語が苦手なのもあるし大変そうだと思ったからです。自分がどんな仕事をするかわからないけれど、このことを覚えておいて自分が本当にどの仕事につくのか楽しみにしておきたいと思いました」

高校のころに、「絶対イヤ！」って思っていた教師になぜなったのか？　これは、もう不思議な出会いと縁としか言いようがない。大学生のころ、「とりあえず資格のために」と受講しだした教職課程だったが、単位数の多さに途中で「やめよっかなー」と何度も思った。しかし、そのたびに周りの友人たちから「単位あともう少しやし、とらなもったいないやん」とか、在日コリアンの男の子から「いつか役に立つときがくるって」と励まされ、なんとか教育実習までこぎつけた。

教育実習に行った京都市内の中学校でもたいへん貴重な体験をした。ちょうど任された英語の教科書の単元が、「異文化理解」について説明があるページだった。日本語の「ジャガイモ」の語源はカンボジアが起源だとか、そんな話である。そこで私は、授業の最初にこんな話をした。

「日本、朝鮮半島、中国、同じ漢字文化圏。同じ漢字を使った同じ意味の単語はいっぱいあるの。たとえば、『図書館』。日本語では『トショカン』、朝鮮語で『トソグァン』、中国語で『トゥーシューガン』って読むねん。けど、そんな似ている文化のはずやのにまったく違う一面もあるの。たとえば、『嫉妬する』っていう意味を日本では『焼き餅を焼く』って言うでしょ？　けど、朝鮮半島では、『お腹が痛い（ペガアプダ）』って言うし、中国では『お酢を飲む（チーツー）』って言うねん。朝鮮語の嫉妬してお腹が痛いはなんとなく雰囲気伝わるけど、中国語のお酢を飲むはわからへんよなー。でも、それぞれ違いに個性があっておもしろいやろ？」

その授業の最後に、子どもたちが感想文を書いてくれた。大抵は、「がんばって試験に合格して先生になってください」とかいう応援の文章が多かったが、一つだけ違う感想があった。それは、名前からして在日コリアンの男の子が書いた感想文であった。

「孫先生の授業は、今まで受けた英語の授業とは違う感じがしました」

私が中学校の先生になれば、何か自分しかできないことができるかもしれない。この男の子が感じたみたいに。そう思ったのがきっかけで、卒業して二年後会社員をやめて、本当に教員になってしまった。

採用された当時は、会社員をやめて教員になることに反対していた両親も大喜びだった。公立中学校での外国籍の先生の珍しさに新聞記者はくるわ、インタビューされるわで、そのときの新聞記事を母はまだ大事に残している。

このことは、家族だけでなく子どもたちにもインパクトのあることだったようで、私が先生になったことについて考えた子どもたちも多かった。

「先生は韓国の国籍をもって生きているけど、日本では少し生きにくいのかな?と思いました。先生が言ってたように、日本の人よりもチャンスをつかむのが難しいし、学校の先生になるにもいろんな壁があったと思います。でも、今は学校の先生になって、いろんな世界の友だちがいてとても楽しくすごしている。先生の前向きさが伝わってきました。これからもその前向きさを失わないで生きていってください」

「孫先生が韓国人ということで親近感がわきます。私は親戚に韓国の方がいるそうです。私はアンケートに素直に答えませんでした。他の人から絶対馬鹿にされそうな夢でした。『声優』になりたいです。あきらめる気はありませんが、第二候補では、『先生』になりたいです。だからどうしても先生を尊敬します。韓国人として生きて、『先生』となった孫先生は特にです。これからも頑張って下さい」

「先生は日本人でもないのに、日本で先生になっているのはすごいと思いました。担任の先生から聞いたんですけど、先生になる倍率が二〇倍はあると聞きました。私の受ける高校の倍率は三倍ぐらいだけど、もう受からへんとかあきらめかけたけど、先生の話を聞いて、がんばろうと思いました」

「公務員で国籍が入ってないと先生になれない。しかし、孫美幸さんは在日だけど先生になれるなんて頑張ったと思います。僕の両親の親、おじいちゃんとおばあちゃんは全員韓国人です。この前父のいとこにあたる韓国の人が遊びに来ました。孫さんの話を聞いていろいろな事がわかったような気がします」

当時に比べて現在は採用がずいぶん増えた外国籍の先生たち。彼らのバックグラウンドや子どもたちとの日常も十人十色だろう。いつか集まって自分のこと、子どものこと、たくさん話せる日がくるだろうか。

たかが名前、されど名前

今使っている名前、「孫美幸《そんみへん》」に統一したのは大学生のころだった。理由は……、正直とくにない。少なくとも「民族の誇り」とか、「在日コリアンとしての……」とか、そういうのじゃない。いまでも家族や親戚から呼ばれる「みゆきちゃん」も、友人たちから呼ばれる「みへん」も、どっちも私だし、私にとって大切な名前だ。ただ、不思議なことに「そんさん」は私だけど、以前使っていた「吉多さん」は私じゃないような気がする。

大学は、外国語大学で朝鮮語が専門だった。語学の授業では、名前の欄に日本名の「吉多美幸」と本名の「孫美幸」をいつも両方書いていた。そのころはまだ十八歳で、なんだかいろんなことにつっぱっていた感じがする。名前だって「二つあることに意味があるし、私らしい」っていうことをいつも言っていた。だから、試験の解答用紙も両方書けるときには二つ書いていた。そんな私に他大学で知り合った在日コリアンの友人たちから、「なんかみへんは国際人ぶってるよな」とかよく言われた。逆に私は「民族名を大切にする」という友人に対して、なんだか「私たち正しいことをしてるのよ」っていう押し付けみたいなものを感じずにいられなかったから、「民族性に訴えることで何か解決するの？」とか平気で口にしたりして、とにかくとんがってた十代だった。いまは、もうちょっと丸くなって、「まあ、人それぞれやし気楽にいこうよ」ぐらいになってきた。

「二つの名前が私らしい」と言っていた私に転機が訪れたのは、韓国人のネイティブの先生の授業が始まってからだった。朝鮮語の会話の授業で、どれだけ二つ名前を書いたとしても先生たちが日本名で私を呼んだことはなかった。「そんみへん氏～」っていつも呼ばれていた。習慣って怖ろしいもので、その呼び方に一年が過ぎたころには、自分もクラスメートもすっかりなじんでいた。じゃあ、「二つ名前書くのって面倒だし、呼ばれるのは一つなのにややこしいよな」って思い出して、二回生になるころには学生証やその他の名前もすべて「そんみへん」に統一した。そしたら、なんだかとてもすっきりした。名前を変えてすぐは「結婚したん？」と聞かれたり、いろいろ混乱もあったけれど、しばらくたつと落ち着いてきた。

名前を統一したことで起こったちょっとした混乱よりも、自分にとってはすごくうれしいことがあった。それは、いろんな人との出会いがぐんと増えて、いろんな文化のルーツをもつ友人が増えたことだった。たとえば、「そんみへんです」と名前を言っただけで、言われた相手はみんな私の名前に興味をもった。「へ？　どこの国の人？」「中国の人？」とかいうふうに。それで、「父は韓国籍の二世で母は釜山出身の一世で、私は京都生まれの京都育ちです」って答えたら、相手はさらに興味をもって、そのうち会話もはずんで仲良くなってしまう。こんなことが以前よりも多くなった。日本に来ている留学生はもちろん、日本に住んでいるいろんな文化的ルーツをもつ人たちと簡単に仲良くできるようになった。それからというもの、さらに「そんさん」が好きになった。中国？　朝鮮半島？　ほかのアジアの国？　名前だけでは、ちょっと国を判定しにくいのがとってもいい。だって、私らしい。

子どもたちも、名前にはいろんな思いをもっているようで、私の名前の話を聞いて自分のこと、友人のこと、たくさん考えたようだ。

「僕の級友にも在日コリアン三世とインド二世がいます。彼らは日本人の名前でしたが、自分ではそれが普通なのではないのかと思っていました。でも、今日孫さんの話を聞いて、彼らも『それなりの悩みがあるのかな』と思えてきました。孫さんの話で、いろいろな考えが浮かんできました。ありがとうございました」

「私も小学生の頃、私が小さいときからずっと別居していた両親が離婚し、今の名字になりました。名前が変わる事に、私は賛成したのですが友達などにその事を話した後にどんな印象を持たれるかと思いました。孫さんも同じような気持ちだったのでしょうか」

「僕の父は韓国国籍でいろいろ話を聞いていたので、すごく理解することができたし、自分とは違う意見もありました。僕は一応日本国籍ですが、本名をなのっていません。僕の家族も、みんな本名ではありません。それは、みんなが本名をなのると、名字が変わってしまいます。でも、仮の名字だと家族全員が一つの家族であることを社会に表明できます。だから、僕はずっと日本名をなのろうと思っています」

「私のおばあちゃんも在日だから、なんか改めて考えました。私のおばあちゃんは日本名をなのっています。だから、先生は勇気があるなあと思いました」

「孫さんの名前は韓国の方の名前だからって『日本語うまーい』とか言われてはったみたいやけど、あたしも下の名前が男の人の名前っぽいからよく男にまちがえられて、ちょっとうっとうしい思いをしたりしてたから、おーっと思って熱心に聴いていました」

「みゆき」も「みへん」も「そんさん」も全部私の一部なんだって思っていても、韓国にいくと「みへん」が「尾行」の意味で使われることが多く、あんまり韓国語の音としてはいい名前じゃないことを聞かされる。最初はその話を聞いて正直ちょっとへこんでいたけど、いまではあまり気にしなくなった。だって、私は私やし。でも、自分に子どもが生まれたら日本語と韓国語の音で両方通じる名前をつけようと決心した。わが家の子どもたちの名前、韓国に暮らす親戚に見せたところ、どちらの音でも通じるように考えてあることを褒められた。子どもたちには国境を軽々越えていってほしいなと思いながら……。

それぞれの夢に向かって

子どもたちが話してくれる自分の夢には、大人が言わないようなものもあって、いつもその柔軟な発想力に驚かされる。「僕の夢は大トロとキャビアとロブスターを死ぬ前に食べることでそのためにいまお金を貯めている」とか、「僕の夢は結婚すること」とか、発表するごとに先生からも子どもたちからも笑い声が聞こえた。そんななか、こちらがハッと気づかされるような夢もあった。

「努力し続けられる人になりたい」

この夢はさすがに子どもたちにも、かなりかっこよく聞こえたようである。

「将来の夢は、努力をし続けられる人と書いてた人がいて、『すごいなぁ』と思った。私は努力して夢がかなったとしても、その後努力を続けられるかと聞かれたら、そうではない時期があるんだろうと思う。だから、今自分にできる努力をしようと思う」

ほかにも、夢と自分がまずしなければならないことをつなげて考えている子もいた。

「僕は世界一料理の大好きな中学生で、将来の夢はパティシエ。今は勉強をがんばっている」

「車が大好きで、夢は車のレーサー。まずは、○○高校をめざして勉強をがんばっている」

子どもたちの夢を聞きながら自分の夢を思い返した。学校の先生を辞めて大学院生になったのは、生きている間にいろんな文化的背景をもつ人が暮らしやすい社会をつくれるように、自分の関心のあるフィールドで少しでも何か残していけないかと考えたからだ。大学院生になったのは、二十九歳。安定した先生という職業を辞めることに、両親はじめ私の周囲の人々はかなりショックを受けたようだった。でも、自分の生きている時間、あと四十年くらい……、いやもっと短いかもしれないのに、「今行動しないでいつするんだ！」って思ったのも事実である。

それから、私が「生きている間に何か残すこと」にこだわったのは、祖父のことが大きいかもしれない。祖父は幼いころ、曾《ひい》おばあちゃんに連れられて、戦争で混乱の最中にある朝鮮半島から日本に渡ってきた。先に来ていた曾おじいちゃんを探しにきたらしい。私が両親から聞いたのは、曾おばあちゃんが幼い祖父の手をひいて大阪から京都まで歩いてきたということや、曾おじいちゃんは結局みつかったものの別の女性と暮らしていたため、曾おばあちゃんが近くの工場で働きながら女手ひとつで祖父を育てて大学までいかせたこと、その後祖父が病気にかかり三十四歳という若さで亡くなったことくらいだった。祖父が亡くなったとき、父は三歳だった。あとは、祖父の遺影が一枚残っているだけで、何も残っていなかった。父でさえ幼かったため記憶にあまりなく、私は祖父のことを何もわからない。いまになって少しでも調べられないかと、祖父が在籍していた立命館大学で何を勉強していたのか調べたいと思っているが、十分な結果がでてくるかわからない。戦時中を必死に生きてきた祖父のこと、孫の私が何もわからないことがいつも心にひっかかっていた。それは、自分のルーツがそこでプツンと断絶されているような感覚だった。「何かを残すこと」にこだわっているのは、その経験によるところが大きい。

それから、二十九歳でもう一度大学に行こうと決心したのには別の理由もある。それは自分が信じている言葉にある。

「誰にでも人生のチャンスは平等にある」

家庭環境や境遇の違いはそれぞれある。しかし、それぞれの人生にチャンスのボールが十個あるとすればそれは全員十個あるものと信じている。ただし、目標に向かって努力をしない人、他人の足をひっぱる人なんかはチャンスのボールが前から転がってきても、それに気づかずボールは通りすぎるんじゃないかって。だから、自分を信じて夢に向かって真正面からボールを取りにいける生き方をしたいって思っていた。こんな思いも、私を後押ししてくれた。

この話を、以前自分が教えていたクラスでしたときには、「そんなん絶対信じひん」と言った子がいた。彼はあまり経済的に恵まれた家庭の子ではなく、家庭環境が「恵まれた人」と「そうでない人」の差を肌で感じていたのかもしれない。けれど、私はこの言葉を信じられる人でいたい。そして、誰もがこの言葉を信じられるような社会になってほしい。

子どもたちは自分の夢や将来とつなげて、チャンスの話をどのように受け止めたのだろう。

「自分も頑張ろうという気になりました。いつも自分に自信がなく、友達がうらやましいと思った事が何度もありました。入試も近いし、不安ばかりです。でも、今日の講演を聞いて、頑張れば乗り越えられない事はないと思いました。もうすぐ入試があります。最後まであきらめずに頑張っていきたいと思いました」

「僕は自分の力ではどうにもならない事がたくさんあると思った。けど努力さえすればほとんどの事はできると思う。だから努力する人間になりたいと話を聞いて思いました」

「孫さんはチャンスはみんな同じ回数あるって言いましたけど、私はそうは思いません。私が思うのは、チャンスは知らず知らずのうちに自分が作っているもので、達成するために努力するものだと思います。それか、チャンスを手に入れるために努力をする。私はそう思います。けど、チャンスを自ら失うっていうのは同感です。私は思いかえしてみて、やっぱりチャンスはものにしないといけないなと思います」

「自分が何をしたくて、何をがんばればいいのかを考え直すいいチャンスでした。孫さんの言っていた（有名人でも私達でもいろいろなチャンスがやってくる……）。私はその言葉を信じてます。だから夢は生まれるものだと思います」

「チャンスは平等にある」っていう言葉、自分でも正直くじけそうなときが何度もある。それでも、子どもたちの言葉の一つひとつが、再び自分の襟元を正してくれる。顔をあげて、ゆっくりと歩いて行こう。また学校に足が向いていた。

III

いのちを耕す

「あっち」と「こっち」を乗り越えるには？

二〇一五年から研究員として所属する大学が変わった。新しい大学に少しずつ慣れてきたころ、大学生たちが話している会話がよく耳に入るようになった。他者の話が耳に入ってくるくらいの余裕が生まれたのかもしれない。

大学へ続く少し手前の道で、私の前を歩く二人の女の子たちを見かけた。向こうから似たような二人組の女の子が彼女たちの横をすれちがった。すれちがった女の子たちの言葉のサウンドが少し違うように感じた。中国の子かな？　留学生のようだった。そのとき、前を歩いていた女の子の一人が話し出した。

「いますれちがった子たち言葉ちがったよね」

隣の女の子はすぐに返答した。

「そう？　わかんなかった」

その会話はどこにいても聞かれるような不自然さはなかったが、最初の女の子の話し方に少し嫌な雰囲気が漂ったので、その続きの会話に不安がよぎった。彼女はこう続けた。

「なんかさ、『あっち』の人ってさ、道を譲るとか、推し量ってよけるとか、絶対しいひんよね。『こっち』は気使ってんのに。『あっち』の人ってうるさくない?」

やっぱりな。私の不安は的中した。「グローバルな大学」を宣伝している大学で見られる日常は、「あっち」と「こっち」をばっさりと分けるこの女の子たちの会話でよくわかる。

私が見たところ、向こうから歩いてきた女の子たちがうるさいわけでも、道をよけていないふうにも見えなかった。あえて言えば、私の前を歩いている彼女たちの会話がとても不愉快だったことに、「周りを推し量っている」はずの彼女たちは気づいていなかった。

大学に着いてからも、家に帰ってからも、私の頭のなかの疑問は消えなかった。「あっち」と「こっち」。私は彼女たちにとったら「あっち」に入るのか。それとも「こっち」に入るんだろうか。「あっち」ってどこのことなんだろう。「あっち」と「こっち」はきっちり分けられるんだろうか。なんだか胸がきゅっとなるような、切ない気持ちになってしまった。

それから数日たったある日、七歳になった長男の悠真が「あっち」と「こっち」を乗り越えるヒントを教えてくれた。

悠真のお気に入りのサンタクロースの絵本を一緒に読んでいたときのことだった。その絵本は、フィンランドに暮らすサンタクロース村のお話で、サンタクロースがクリスマスに向けていろんな準備をしている場面が描かれていた。そのなかでも、十二月になったら小人の調査隊がやってきて、子どもたちがおりこうに過ごしているかチェックしにくるという場面が大好きだった。五歳の妹の佳蓮ときょうだいげんかになったとき、「調査隊の小人さんが見てるのにな〜」と言うと効果てきめん。すぐにけんかは収まった。そんな小人さんたちが、サンタクロース村の学校でいろんな勉強をしている場面があった。小人さんたちの教室の壁には大きな地図が張ってあったが、見慣れた世界地図とは少し違い、ヨーロッパ大陸だけが載せてあるものだった。

それを見た悠真が一言こう言った。

「おかあちゃん、この地図にはどうして『ひび』が入ってないの?」

それを聞いたとき、私はドキッとしてうまく答えられなかった。悠真の言う「ひび」とは、国境線のことだった。世界地図や地球儀を見ると、当然ひかれていた国境線が、この絵本の地図にはないことを、悠真は「ひびがない」と表現したのだった。

たしかに悠真の言うとおり、国境線は世界をひび割れさせるように、引かれている場所や、拡張したい欲望をめぐって戦争が繰り返されてきた。そして現在もそれは変わらない。宇宙から地球を見れば、国境線なんて引かれていないのに。それを簡単に忘れてしまう大人たちに問題があるな。

先日、人権学習の講演をある中学校で実施した際、この「ひび」の話をした。中学生たちからもこの「ひび」についていろんな意見が出てきた。


「国境が『ひび』というのはとても印象に残った。国境は人のつながりにひびが入ったようなものなのかなと思ったし、国籍とか関係なしに、いろいろな外国の人達が交流できたらいいと思いました」

「孫さんのお子さんが言った『国のひび』には本当にすごいなと思った。なんて素敵な心なんだろうと思った。十四年間生きてきていろいろ学んできたけど、こんなにすなおになろうと思ったことはないと思う」

「美幸さんの子どもが言ってたようなひび（国境）がなくなれば、違う国の人と人の心のひびもなくなるのではないかと思う。元々、地球はだれのものでもないし、人の命もその命を持っている人が神様や両親からもらったその人のものだから、平等に大切にあつかえればと思う」

「孫さんの息子さんの『なんでこの地図にはヒビが入ってないの？』という言葉には、とても驚きました。たしかに、国境は人が勝手にひいた線だから、ある意味人を分けているヒビなんじゃないかなと思います。人々によって生まれてしまったヒビだからこそ、人々が努力することで、なおしていけるんじゃないかと思います。こうして、国境にとらわれず、つながっていくことができたら、『一人ひとりが輝ける未来』になっていくのだと思います。今ある日本と韓国・北朝鮮のヒビをなおしていくには、それぞれの違いを認め、受けとめることが必要だと思います。これからは『国籍がちがうから』などといった思いこみにとらわれず、つながりを広げていきたいと思います」

「あっち」と「こっち」を乗り越える視点を、「グローバルな教育」を受けていない子どもがちゃんと教えてくれる。大学で行われている「グローバル社会で活躍する人材育成」って何なんだろう。絵本のなかのサンタクロースと小人たちのおかげで、私は大きなプレゼントをもらったようなそんな気分になれた。

星にみちびかれ

「占い」は怪しいもので、遊び半分でおもしろがるくらいならいいかなと思っていた。血液型で人のタイプを四つに分けるのも、たしか大学生のころの心理学の授業で「人間が四つのタイプに分けられるなんて単純化できるものじゃない」って先生が言ってたのをはっきり覚えている。

　そんな私に転機がきたのは、二〇一四年の秋のことだった。生まれて初めて、頭痛がまったく収まらない経験をした。頭がズキズキするし、頭を下げたりするともっとひどくなり最悪だった。一週間くらい経ったころ、「私もうダメかも……」と弱気になり、近くの病院で検査を受けにいくことにした。MRI初体験。私の上半身が大きな装置の中へ入れられる。ピッピッと頭のなかを撮影してるんだろうなっていう音が聞こえてくる。「あー、この後入院、手術とかなったらどうしよう。脳腫瘍とかだったら、残された子どもたちは……」と、ネガティブな感情はどんどん次の「ネガティブさん」を生んでいった。

　内科医の先生は、頭のレントゲン写真をじっと見て私のほうを見た。私は覚悟を決めた。すると、先生は一言、

「きれいな脳ですね〜。とりあえずかぜ薬で様子みましょうか」

と私に明るい声で言ってくれた。一気に視界が明るくなり、「私ただのかぜで家に帰れるんだー」と思うと、「はい！」といつになく元気な返事をして薬を受け取りに行った。なんだ、思い違いか。それにしても、頭痛がこんなに止まらないなんて、私も年かしら？と何か釈然としないままだった。

　その後頭痛は収まり、十月末から十日間くらい、自分の研究のフィールドワークとしてハワ

ハワイ島プナ地区の自然（滞在先の庭）

イ島のヒロ近郊にあるプナ地区に行った。私の研究は、日本と韓国の平和教育や多文化共生教育を他国との交流も取り入れて発展させていくことで、ハワイ島でのフィールドワークで得た情報をプログラムに組み入れることや交流する学校との打ち合わせも兼ねて行くことにした。

ハワイ島の中でもとりわけ自然のジャングルが豊かな地域で、雨もとても多く、一般的にイメージされる「楽園ハワイ」や「リゾートハワイ」とはずいぶん異なる様相の地域である。そこで暮らす人々も、ソーラーパワーや、無農薬の農園、自生するハーブや野菜を活用するなど、自然を大切にしている人々のコミュニティが点在している。滞在中、プナ地区に暮らす日本人女性たちが夕飯に集まった。プナ地区でのさまざまな暮らしや最近あった出来事を話していたとき、ちょうど私の頭痛の話になった。

「十月のはじめくらいに生まれて初めて頭痛が止まらないっていう経験をして、私の体調どうしたのかなって心配してたの」

すると、そこに来ていた女性たちは、とくに心配することも驚くこともなく、こう言った。

「皆既月食だったからね。私たちも、とくに女性はその影響受けた人多かったよ」

へ？　皆既月食？　脳の血管が一本くらい切れてるんじゃないかと心配していた私にその答えはあまりに突拍子もないもので、すぐにのみこめなかった。

「私はその時期、自分のなかの嫌な感情が全部出てきてね。精神的に大変だったわ」

「私は熱がでちゃってしばらく寝込んでたの」

へ？　みんな？　宇宙の月と私たちの健康がなんで影響するのか、まったく理解不能だったのだが、最後に一人の女性がこう言った。

「ハワイ島のプナのような自然がいっぱいのところで暮らしていると、自然の影響っていうか、すごく体に現れやすくなったと思うわ。みへんさんもハワイ島に何回かくるうちに体質に現れやすくなったのかもね」

「は〜……」

私は返事に力が入らなかった。女性が月の影響？　縄文時代かよ！ってまだ半信半疑の私だったが、その後彼女の話を裏付けするような話を何回も聞くことになった。

一つは生物学の先生が調査するドキュメンタリー番組を見たこと。月の満ち欠けが、オーストラリアの海に暮らすサンゴや生き物たちの産卵に深い関連があることを話していた。宇宙の星たちの影響が自分にもあるってことか……。

ある日、アーユルヴェーダ（インドの伝承医学）のセラピストをしている女性に出会うチャンスに巡り合った。いろいろ身の上話をしているうちに、ここ数年お互いに大変な経験があったことを確認したのだが、最後に彼女から私の星座を聞かれた。

「蠍座《さそりざ》だよ」

「私もなの。蠍座はこの二年くらい試練の年って出ているのよね」

アーユルヴェーダを南インド・ケララ州で学んできた彼女は、関連の深い分野であるインド占星術も知っていた。それによると、この数年蠍座は人生の試練の年であったらしい。

それから、月の満ち欠けや星の動きが気になるようになり、二〇一五年に入って、ついに「西洋占星術」を習いにいくことにした。「占い怪しい」と思っていた私には、ある意味人生の大転換である。きちんと学んでみると、ぜんぜん怪しくないように感じた。一人ひとりの出生図や星の位置関係から、自分を読み解いたりするのは、心理学の意識と無意識の関係とも関連が深かった。また、民俗学や宗教学とも関係するし、学問的にも興味深かった。そう言えば、世界各国で伝わっている民話を読んでいくと、どの地域でも必ず星の話が出てくる。それくらい人々の生活に密着していて、現代にもその片鱗が伝えられてきているのだ。

占星術を学んでいる途中、あることに気づいた。それは私の出生図のなかにある惑星たちを自然の四つの要素（火、水、風、土）に区別したとき、私には土の要素がゼロだったのだ。土のもっている安定感や自分の健康を顧みるような要素が少ないのかなと先生に聞いたとき、先生はこう言った。

「自分にその要素がなくても、パートナーや家族と支え合っていたら大丈夫だと思います」

家に帰って家族の出生図を見てみると、二人の子どもたちがしっかり「土」の要素をもっていた。考えてみると、二人のおかげで私は、自分の健康を顧みたり運動をしたりと体調を整えられたかも。子どもたちへの感謝と、宇宙や星と自分の関係を信じる心がすっかり芽生えてしまった。

小さな師匠たち

仕事のこと、将来のこと、家族のこと……。いつもいつも悩みはつきない。そんなとき、わが家には素敵なアドバイザーがいる。現在小学校三年生の「ゆうま師匠」だ。わが家の「師匠」のおかげでいままでいろんなことに気づくことができた。

たとえば、自分の仕事がうまくいかないなと悩んでいたとき、寝る前「師匠」に聞いてみた。

「お仕事うまくいかないときはどうしたらいい？」

「うーん……」

小さなクリクリおめめで私をじっと見ながらこう答えた。

「さっき、おとうちゃんにも言ったけど、生きものはみんな失敗して、それからうまくなるよ。あと……。生きものには、昆虫みたいに動けるのと、木とか草みたいに動けないのがあって、『できること』と『できないこと』があると思う」

「……」

ズバッと現実を切るような言葉に、何も口から出てこない私……。

悠真は小さなころから、近所にある宝ヶ池公園の森や川で遊ぶことが大好きだった。夏になると、朝から夕方遅くまで虫取り網をもって駆け回り、川に入って魚やザリガニを追いかけた。学校に入学する前から、この自然が、悠真に生きていくうえで本当に大切なことを教えてくれていた。

それに「おとうちゃんにも言ったけど」って、私の前にお父さんも相談してたんだ……。大人と子どもが逆転状態。あまりにすごみのある言葉だったんで、ちょっと言葉につまった後、感動のあまりギューッと悠真を抱きしめてしまった。

「ゆうま先生～！」

悠真の言葉は「適材適所」、その人、つまり自分の資質を見極めろってことだろうか。

悠真がすっかり眠りについたころ、これまであった出来事をいろいろと思い出してしまった。

悠真の保育園の卒園式のとき、仲良しのAくんのお父さんからうちの夫にこんなエピソードが語られた。

Aくんが入園したてのころ、乳児さんのクラスで毎日泣いて、お昼寝用のお布団が置いてある押し入れに隠れていたらしい。そのとき、悠真が「大丈夫。いっしょに遊ぼう」って声をかけたって。Aくんはお家に帰って、「ゆうまくんに遊ぼうって言ってもらった」ってうれしそうに話したらしい。そのときから、Aくんのご両親は「あー、ゆうまくんっていう子がいるんだ」って思っていたそうだ。

Aくんと悠真はとても仲良し。お互いを「あいぼう」って呼んでいる。悠真にこのことを聞いてみると、「だっていい『あいぼう』になれると思ったもん」だって。こんなに素直に大人は行動できるかな……、私自身はあんまりできてなかったんじゃないかと反省する。

悠真が他者に迷いなく言葉をかける行動に気づいたのは、たしか二歳くらいのときにもあった。

宝ヶ池公園で、環境にやさしいフリーマーケットやマルシェみたいなイベントがあったときのことだった。お店においてあった木の手作り電車にとても興奮した悠真は、「見てみて！すごいよ！」と、一番近くにいた青年に話しかけた。私はそのときハッとしたのを覚えている。その青年は中学生くらいに見えたが、車いすに乗り、知的障がいのある様子だった。

悠真にとびっきりの笑顔で話しかけられたその青年は、車いすを全身で揺らし、大きな声で喜びの声を上げているように見えた。付き添いの方も笑顔だった。悠真もその青年もとても楽しそうに、喜びの一瞬を共有していた。

私だったら悠真と同じことができただろうか。同じように青年の側にいたとしても、「この子に言ってもわからないだろう」ってどこかで思い込んでいたかもしれない。自分の先入観や見識の狭さを、その一瞬で見透かされた気がした。

そんなことが続いたある日、すっかりわが家で「ゆうましょう」が定着したと思っていたら、妹の佳蓮が側によってきた。

「かれんも『ししょう』がいい」

あんまりお兄ちゃんを褒めていたから、やきもち焼いたかな。佳蓮の「ししょう、ししょう～」って言う姿があんまりかわいらしかったので、ちょっと母のイジワル心が起こってしまった。

「佳蓮は……、『しおこしょう』かな？」

「ちがう！　ししょう！」

「じゃあ、『ししゃも』？」

「ちがーう！」

たくさん言っておもしろがっていたら、ちょっとご機嫌ナナメに。最後に、「かれんしょう」って呼んで、ようやく納得してくれた。わが家の小さな「師匠たち」、お父さんとお母さんが道に迷ったとき、これからも光になってくれるだろう。

生死の狭間で

京都の夏を彩る祇園祭が始まったころのある夕方、悠真と佳蓮が勢いよく家のドアを開けた。

「ただいまー！　おかあちゃん、セミの幼虫見つけた！」

二人とも息を弾ませ、ベランダに走って直行した。保育園の帰り、地面をはうセミの幼虫を見つけたらしい。父親と一緒にベランダのミニトマトの枝にぶらさげた。ちょっと不安定に見えたけど、なんとかつかまって、夕暮れから羽化が始まった。ゆっくりと出てきた白いセミの体と青白い羽。全身を殻から出すときに少し失敗したけど、なんとかトマトの茎につかまってセーフ。

「あー、よかった……」

家族全員で見つめるなか、セミはなんとか細いトマトの茎につかまって、青白い羽を少しずつ伸ばしていった。

「なんとか大丈夫そうね」

子どもたちと笑顔で確認し合った後夕飯を食べ、それから、後片付けをしていると……。

「おかあちゃん、トマトのとこにセミがいない!!」

子どもたちが血相を変えて、私のもとに駆け寄ってきた。

「え?」

まさか落ちた? 嫌な感じが漂う。たしかにトマトの茎をもつセミの手足は少し弱そうだったけど、なんとかもちこたえそうかなと思っていた。プランターの周りを探してみると、プランターの裏で仰向けにひっくり返ったセミを見つけた。青白い羽が少し折れてしまった。半泣きになった子どもたちにせかされ、私も少し泣きそうになりながら、セミの救出作戦が始まった。でも、細いえんぴつでセミを捕まらせようとしながらも、切ない気持ちは収まらなかった。だって、羽化の途中で地面に落ちたセミは確実に死ぬと聞いたことがあったからだ。

「おかあちゃん、がんばって！」

子どもたちの切実な目線に後押しされ、えんぴつでなんとか仰向けのセミをもとに戻そうとした。やっとプランターの上まで連れてこれたが、茎の上に止まる力は残っていないようだった。

「悠真、佳蓮、セミもうあかんみたいやわ」

子どもたちのほうを見ると、二人の目には涙がいっぱいたまっていた。弱ったセミの周りには、容赦なくアリの大群がむらがり始めた。助けられなかったという思いと、自然の摂理というあきらめ、そしていろいろ手を尽くしても助けられなかったという過去の記憶が私の脳裏をかすめた。

三年前の春、三人目のあかちゃんを授かった。戸惑いとうれしさの入り混じるとても複雑な気持ちだった。「子どもは二人でいいよね」と夫と話していたこと、ちょうどこの春から大学の非常勤講師の仕事を増やしたこともあって、「タイミング悪いな」と思う気持ちも正直あった。でも、せっかく授かった命、なんとか乗り切ろうと決心した。夫とお腹の中のあかちゃんと「がんばろうね」と約束した。

少しずつ大きくなるお腹とは裏腹に、体調はいままでで一番よくなかった。悠真と佳蓮のときにはまったく感じなかったつわりを初めて経験したし、下腹部が少しキリキリ痛むような感覚もあった。それから、通勤片道二時間かけて大学に通い、新しい環境に慣れるのも大変だった。そんななかでも、スクスクお腹の中のあかちゃんは成長していった。こんな大変なときでも、お腹の中で頑張っているあかちゃんはきっと三人のなかで一番強いなと感じ、母子手帳に空飛ぶアンパンマンのキーホルダーをつけた。アンパンマンみたいにかわいくて、力強い感じがしたからだった。

梅雨の季節になり、診察にいくと、あかちゃんの姿がはっきりと見えるようになった。しっかりと聞こえる心臓の音、子宮の中でクルクル回る姿、そしてグーにしていた手を開けてパーにする姿、あかちゃんは私の中でしっかりと生きていた。

つわりは相変わらずひどく、通勤二時間も正直きつかった。そのうえ、食べたものが悪かったのかお腹の調子を崩した。困ったなと思っていたころ、休日の散歩の後、トイレに入るとナプキンが真っ赤に染まっていた。出血していたのだ。「まずい」と思い、すぐに産婦人科へ。診断は「様子をみましょう」ということだった。腸の調子が悪かったことで、それに連動して子宮の中の壁の一部がはがれてしまっていた。薬を処方してもらい、それから何日も家でほぼ動かない日々が始まった。仕事も、ほかの予定もすべてキャンセルして、それから一カ月くらい出血が止まること、あかちゃんが無事でいることを祈る日々だった。出血は少しずつましになり、診察に訪れたとき元気でいることも確認できた。妊娠は五カ月目に入ろうとしていた。

「もう大丈夫だろう」と誰もが思っていたとき、それは突然やってきた。

八月に入った暑い日だった。あかちゃんの様子を見ていた先生の顔が曇った。

「あかちゃんの心臓が動いてないいな」

あかちゃんは私のお腹の中でふんわりと浮いていた。心臓はとまっていて、体には力がなかった。

「手術ですね」

私も夫もぼうぜんとした。何も考えることができない。あかちゃんの誕生を楽しみにしていた子どもたちは悲しさと怖さで押しつぶされそうになっていた。

でも、確実に私の体の中のあかちゃんは変化していた。手術の直前の診察であかちゃんの姿を見ると、あかちゃんの体はさらにぐにゃりとまがっていた。死亡してから時間が経ち、体が溶けはじめていた。少しずつ細胞が変化しているのだった。気持ちを落ち着けて、手術に臨んだ。かなり大きくなっていたあかちゃんを子宮の中から出すのは、小さな自然出産をするのと同じだった。陣痛促進剤で陣痛を起こし、文字どおりの死産だった。私は上の二人の子どもたちを帝王切開で出産していたため、それも初めての経験だった。この子のおかげで私は予定していなかった自然出産の経験をさせてもらった。

死産の後、先生や助産師さんに最後に確認された。

「あかちゃんの顔を見なくてもいいですか」

「はい……」

人によるかもしれないが、もし顔を見ると一生その顔が私の頭から離れなくなるのではないかという不安、そして怖さ……。とても顔を見る気持ちにはなれなかった。

次の朝、靴箱くらいの小さな棺が業者さんに引き取られ、運び出されていった。

お腹の中で、たしかに生きていた小さな命、グーパーしていた小さな小さなあの手を忘れない。助けられなかった。でもできることは全部やった。それでもだめだった。そして、ありがとう。あなたのおかげで、少し無理していた仕事のペース、家族の時間の持ち方を考え直すことができた。そして、帝王切開しか経験していない私に、自然出産という経験までさせてくれた。ただ、それを感謝として受け入れるにはもう少し時間がかかりそう……。アンパンマンのキーホルダーがついた母子手帳ケースを捨てるのにも時間がかかってしまった。

アリの大群の中で死んでいくセミを見ながら、子どもたちと一緒に三人で泣き続けた。

体という宇宙

自分の中の循環のサイクルを私はよく壊す。一つは心理的に、不安やイライラがつのったときがそうだ。この数年、自分や家族のことでいろんな壁にぶつかった。夫の転職、家計の心配、自分が一家の大黒柱になること、仕事が次になかなか展開できないこと、その間におきた出産や死産、育児などでかなりの心理的負担を感じていた。そんな私に起きたのは、生理の時期でもないのに、突然出血が始まり、それがいつまでたっても止まらないという症状。東洋医学が専門の漢方医の話を聞くと、人間は不安やイライラを募らせると「気」の停滞が起こり、循環がストップ。その後、体を見てみると、お腹の異変が起こっている場合が多いとのことだった。膨満感や、骨盤のあたりまで腫れの症状があったり痛みがあったりと、人間はお腹にどうもため込むらしい。私はどうもそれを出血でデトックス（解毒）しているようだった。

また、食事が不規則なときも似たような症状が出たことがある。仕事の関係で、カウアイ島とハワイ島に行ったことがあったが、カウアイ島にいる間の食事は出来合いのものやインスタントを食べることが続いていた。ハワイ島に移動した後、リトリートセンターの食事が野菜たっぷりのヘルシーなものが多かったこともあり、一気に今度は排泄に異常がきた。排泄がとまらないのである。いわゆる下痢状態。ここにも一種のデトックスが起きていた。こうなるってわかっているんだから、日ごろから気をつけたらいいのだが、大人の習慣ってやつはなかなかやっかいなものである。

こんな症状は私だけではない。私の女性の友人たちも同じような症状か、またはもっとひど

ハワイ島での食事

いときがあるようだった。私の友人でオーストラリアから日本に来て、英語の教員をしている友人は、よく下腹部が痛くなると訴えていた。とてもひどいようだったので、私がお世話になった婦人科を、彼女に紹介したことがあった。また、韓国から留学で日本にきて、就職活動中だった友人は、生理が三カ月ほどなかったことがあり、食事は忙しいので食べられるときに食べるくらいの日々が続いていると言っていた。心配した私は何年後かに妊娠や出産を考えているのであれば、もうちょっと体のことを考えたほうがいいと（自分のことを少しおいておいて）、アドバイスしたことがあった。みんな二十代から三十代の女性たちで、仕事も勉強もエネルギッシュにこなしてきた人たちである。ただ、自分の女性性を大切にしながらという部分を、どうもなおざりにしがちであった。少子化と世間はうるさいけれど、女性の体や心の循環を大切にした生き方とか、多文化背景をもつ女性たちの生きやすい社会づくりが必要だよなと、考えさせられた。

この体調の循環の原理は、わが家の子どもたちにもみることができる。たとえば、悠真。小さいころからせきがとまらないことがよくあった。ぜんそくかなと心配していたが、小児科に行ってもそうではなさそう。じゃあ、アレルギーかと思ったら、とくにそうでもなさそう。じゃあ、なんだ?とずっと思っていたところ、どうもせきをするときの状況が似ていたのだった。緊張したとき、不安に思ったとき、焦ったときなど、心理的に不安定なときに、激しくせき込むようだった。彼は、それで自然と不安な気持ちを吐き出していたんだな……といまはそう思える。そんな子どもたちの健康のバロメーターもやっぱり、排泄だ。悠真も佳蓮も、よく排泄のあと、状況報告を詳しくしてくれる。

「おかあちゃん、今日はバナナ一本と半分もした」

「ながーい、いいうんち出た」

「今日はちょっと、びちゃうんちだった」

その報告で、昨日何食べたかな?とか、今日も調子いいなとか、判断できるようになった。やっぱり食べるものが基本だなと思うようになり、季節のもの、発酵食品などできるだけとるようにしている。それが、体の「気」の循環を円滑にするし、心理的な気持ちの循環にも影響があるんだろうって思いながら。

ある日、実家の母から電話があった。

「キムチつけたからもっていき」

いつも母はキムチを手作りする。朝鮮半島を代表する発酵食品。日本で生まれ育った私には効きすぎるときも多少あるが、ありがたくもらいにいこうと思っていたところ、夫から衝撃の事実が語られた。

「こないだ、お母さんに『キムチいつもおいしいです。漬けるとき何入れるんですか』って聞いたんやけど……」と口ごもる。「どうしたん?」と聞き返すと、うちの母が誇らしげに夫に見せた調味料は、なんと「桃屋のキムチの素」だったらしい……。えー! そうなん! オリジナルじゃないやん!と思ったが、もちろん母なりに果物を入れたり、味の工夫をしているらしいので、桃屋さんとの合作というところだろうか。母も、韓国の釜山から日本に移住してきて約四十年。日本のものをうまく利用して、「オリジナル」を作っている。まあ、「文化の再創造」というところかな……。わが家の「循環」を助けていただいているので、このあたりで私は納得している。

身近な紛争解決

私の昔からの悪い癖。よーくわかっている。家族や友人、誰かとの間で、何かムッとしたことが起きたり、嫌なことがあったりすると、コミュニケーションをそれ以上とりたくなくなるっていうところだ。何か誤解が生じているとき、その誤解をしている人に対してそれ以上話したり、説得したりすることが、面倒でもう嫌になる。そして、その人から距離をおいて、できるだけ話したくない、顔もあわしたくない、そして、疎遠になっていく……。こんなところが昔からある。まあ、よく言えば自分を守る、生きる術かもしれないし、それ以上煩わしいことで悩まなくてもいい。その反面、なんか人間関係を持続していくことを、あきらめているような感じもして、できればもうちょっと関係修復できるようにトライしてもいいよなって思うことが何度もある。

そんなとき、わが家の小さな「師匠たち」が、また私の前でいろんなアドバイスをくれるのである。

ある日、悠真と佳蓮が一緒に遊んでいたとき、おもちゃの取り合いか何かで、ちょっとけんかになってしまった。そのときの悠真のセリフが、こちら。

「自分勝手なことばっかりしてたら、人生崩れるんやからな！」

それを聞いた佳蓮はきょとんとしている。意味きっとわからないやろーなー。いや、言っている悠真もその言葉のすごさに気づいていないと思う。何より、その言葉に一番グサッと刺されたのは、後ろにいるおかあちゃんですよっていうことにも、子どもたちは気づいていないだろう。コミュニケーションをすぐにシャットダウンしてしまいがちな私に、まずは軽くジャブが入った。

そして、「師匠たち」は、これまでもすでに絶妙なパンチを、私に浴びせてきていたのを思い出した。

数年前、悠真がまだ保育園に通っていたころ、家に帰ってきてすぐに「今日は嫌なことがあった……」と、抱きついてきたことがあった。抱っこ抱っこの年齢はもう過ぎたかなと思っていたころだったので、よっぽど何かあったんだなと待っていると、悠真が保育園でのお友達とのトラブルを話し出した。

みんなでサッカーをすることになり、チーム分けのときみんなでじゃんけんして決めようと言って、決まったのにもかかわらず、不本意なチームになった何人かがすねてしまった。最後はみんなバラバラになり、結局サッカーができなかったらしい。

「誰が悪いの？」と聞いた私に、悠真はこう一言。

「みんな」

おー、そうかー。悪いのは「すねたお友達」って言うかと思いきや、「みんな」という言葉に、私も次の一言がなかなかでなかった。みんなで協力してゆずりあったり、意見をまとめたり、それをしなかった自分も含めて「みんな悪かった」って思う、その感覚に私はまたまた反省。どれだけ嫌なことがあったからって、自分からその人との対話を放棄してしまうのって、やっぱりだめだよなって。

そして、この「けんかする」／「仲直りする」の感覚は、「国家」対「国家」についても同じように言えることを、彼らは教えてくれる。

お風呂場に張ってある「日本地図」のシート。県ごとの名産品と一緒に絵が描いてあって、とても楽しい。お湯につかりながら、「京都は舞子さん」「大阪はたこ焼き」っていう具合に、クイズにして遊んでいる。ある日、北方領土のあたりを指差して、悠真がこう言った。

「どこまでが日本？」

うーん、日本政府の立場としては……とか、説明が難しいなと思っていたところ、夫がこう返答した。

「いま、もめてるんだよね」

「じゃあ、真ん中ではんぶんこしたら？」

そうだよね。おかあちゃんも、そんなふうに領土問題シンプルに考えたいよ。大人がどんどん境界線を複雑にしているように思う。そして、シンプルに考えることが、平和を考えていくうえでも大切なことを気づかせてくれる。

最後に、リビングに張ってある「カレンダー」を見たときのこと。写真は世界の絶景ということで、毎月きれいな景色を楽しめる。私も子どもたちも毎月写真を楽しみにしている。三月のカレンダーの写真は、トルコのカッパドキア。カッパドキアは岩窟の町。神秘的な風景の上空を無数の気球が飛んでいる素敵な写真だ。「きれいねー」と、カレンダーの前で私が立ち止まっていると、悠真と佳蓮も見にやってきた。

「うん、すごくきれい。ここどこ?」と悠真。

「うん、トルコっていう国。このカッパドキアのあたりは大丈夫だと思うけど、近くの国が戦争で前よりはちょっと行きにくくなったかもね」と私。

そこへすかさず佳蓮が、「せんそうってなーに?」と聞いてきた。

「うーん」と考えていた私に、ゆうま師匠が登場。

「ここまでが僕のもの。これが僕のものってとりあいすることやん」と説明してくれた。

「ほー、なるほど」と、その説明に感心していた私は、次の佳蓮の一言にさらなる衝撃を受けることになった。

「ぼくのもの？　みんなのもんやのにな」

カンカンカーン！　はい、私はKOされて、ゲームオーバー。こんなにきれいな自然の風景。誰かが独占しようとするから戦争が起きる。でも、この土地は、たまたま自分たちが住まわせてもらっているだけで、みんなのものって思えたら……。そんな希望を、小さな真っ直ぐに見つめる目で、教えてくれた。もう佳蓮は、「しおこしょう」を卒業し、本格的な「師匠」デビューを華々しく飾ったのだった。

本当に好きなこと

仕事がうまくいかないとき、他者から自分のやっていることが評価されないとき、私の気分は地の底へいく。暗い地の底で、小さな私が三角座りでしょぼんと小さくなっている……。そんな私の思考パターン、もう数えられないくらい何度もあった。

ある日、あまりにも気分が落ち込んで、寝る前うちの「ゆうま師匠」に聞いてみた。

「気分が落ち込んでお仕事いやだなーって思うときはどうしたらいいと思う？」

「うーん……」

やっぱり大人の悩みを子どもに聞くのはよくなかったかなと思ったとき、悠真がゆっくりと口を開けた。

「ゆうまね……。けさお友達と学校に行ってたとき、ゆうまは早く歩いて学校に行きたいのに、お友達がゆっくりでいやだなーと思ったの。そしたらね、道の真ん中にカミキリムシがいたの！　ラッキーって。だから、いやだなーっていう気持ちの後は、必ずいいことが起こるよ。保育園のとき、園長先生も言ってたもん」

ほーっ、これは「苦あれば楽あり」っていう話かしら……。悠真にとって大好きな虫に出会うことはこの上ない楽しみ。もっと自分が楽しめる仕事の仕方を考えろってことも含まれてるな。いろいろ考えていたら、以前、悠真が学校での「仕事」のことを、話していたのを思い出した。

クラスの係の仕事を決めたとき。いろんな係があるなか、悠真の目にとまったのは、「生き物係」。虫をはじめ、いろんな生き物が大好きな悠真は「どうしてもやりたい」と思い、必死でジャンケンして、みごと念願の「生き物係さん」になった。家に帰ってくると、「生き物係だけが、観察池の『ヌマエビ』を採ったり、お世話したりできるんだよ～」と、ものすごく楽しそう。

「係の仕事がどんなのかはまだよく聞いてないけど、ゆうま、生き物係全力でがんばるわ！」

ものすごい気合いで意気込んでいた。それを見て、なんだか羨ましく感じた。「全力で頑張る」こと……、最近の私になかったような……。でも、何かに没頭して、疲れを気にせずにやるっていうのが、たまには大事な気がする。白川静さんが編纂《へんさん》した『字訓』を調べてみると「遊」について、神と人が一体となった境地のことと説明がある。

自分のやっている仕事が好きで没頭し、「遊」の気持ちが表れたとき、神がかり的な境地に至って、本物の「仕事」になるのかもしれない。私はまだまだだな～と思っていたら、夫が『自然の流れ』のなかにいるっていうのも大事じゃない？」と話しかけてきた。

家具職人の夫が材木屋さんに行ったときの話。ほしいなと思っていた材木を、ある日店主に伝えておいた。しばらくして店主から電話がかかってきた。

「どこにいったかわからなくなっていたのに、山田さんに言われてから、フッと見つかったわ」

自然の流れに乗っているとき、とくに木のような自然のいのちが宿っているものは、ちゃんと必要なものや人を探し当てる。夫は、家具の注文や、テナント工事の仕事、工房の場所探しなど、いろんなことが順番にきちんとみつかっているという。夫が転職して数年がたとうとしているが、彼は「流れのなか」にいる。彼の家具職人の仕事を、自然が、天が、祝福しているなという実感がある。

「遊」の境地と、「自然の流れ」。私もいつか実感できるときがくるんだろうか。まだまだ、迷い中だけれど、目の前の仕事をとりあえず一つずつこなしていくか。

「『とりあえず』の選択をしていたら、ずっと『とりあえず』の人生になるんだよ。あなたの本当にしたいことは何？」

以前、友人に言われた耳の痛い一言が私のなかでこだまする。大きくため息をついて、今日は「おやすみなさい」。悩むのは明日にして、夢のなかの無意識の自分に希望をつなぐことにした。

グレーゾーンでいこう

佳蓮の保育園で英語の活動が始まった。エチオピア出身の先生が英語の単語を教えてくれる。佳蓮は、教えてもらった英語を次々に家で言うようになった。

「ハッピー。ハングリー……。それから……」

「佳蓮、すごいねー」と、たくさん褒めたらものすごくうれしかったようで、どんどん単語を話し出した。

「アポー、ベアー、キャット、ドッグ、エレファント……」

お風呂場の壁に簡単な英語シートが張ってあるのだが、いつも湯船につかりながら、単語で遊んでいたところ、あっという間に覚えてしまった。覚えていた単語を、保育園でも言ったところ、「わーすごーい」「かれんちゃん、えいごのせんせいみたーい」とみんなに言われて、とても気分がよかったようだった。

「おかあちゃん、かれん、ハナ、トゥル、セー、ネーも言ったんやで」

「あ、それは韓国語やし、みんなわからんかったんちゃう？」

「でも、先生は英語上手ってほめてくれたよ」

あら？　なんでかしら？　韓国語の音もブツブツ言ってたら、先生には英語の音みたいに聞こえたかしら？　それとも、「外国語」と言えば、「英語」に決まってるやんという、大人の先入観が自分の聴力までコントロールしてしまったのだろうか。

佳蓮は、言葉の感覚がとても「あいまい」である。寝る前の遊びで、一から十までの数え方を、英語、中国語、韓国語、イタリア語で一緒に言いながら添い寝していた。どれも上手に言えるようになったのだが、どれが何語かの感覚があいまいなので、はい、外国語というモードになったとき、どれかが出てきてしまう。佳蓮も、保育園でその状態になったようだった。でも、そんなゆるやかな言語の感覚を、あいまいなまま身につけてくれてもいいような気がしている。大人社会のシステムが何もかもはっきりと線を引きすぎて、ちょっと窮屈な感じがするからだ。

私がよく感じる窮屈さは、やっぱり海外に出国したり、日本に入国したりするときである。三年前、仕事のフィールドワークでハワイ島に行ったのだが、私には常に「あれ？」と思う瞬間があった。ふつう、出国手続きやセキュリティゲートを通ったら、もう後は飛行機に乗るだけって思うはずだ。そう、私だってそう思っていた。でも、私にはいつも個別のチェックが別途必ずかかる。飛行機の搭乗が始まって、私がチケットを見せると、英語で「個別の手荷物審査があります」と、搭乗口の隅に行かされた。私のパスポートを見て、日本国籍じゃないので、英語でとりあえず対応されたのだった。ここまでは、まあしょうがないかなと思う。この飛行機会社では、ランダムに乗客の身体検査を毎回しているようであった。言い方は丁寧だったが、実は私これに当たるのがハワイ島への二回の渡航のうち、二回目。つまり、毎回チェックの対象にかかっているのだ。関西空港―ハワイ間は圧倒的に日本国籍のパスポートをもっている人たちが搭乗する。でも、そのなかの少数派、外国籍の何人かに対して、身体検査をしているようだった。靴をぬいで、セキュリティチェックの器械で手荷物と身体検査をされる。「ありがとうございました」と言われ、無事飛行機に乗れるのだが、「なんで毎回するんだよ！」と、私がそんなに怪しい人物なのかなと思ってしまう。

帰りの飛行機も同じかなーと思っていたら、今度はハワイアンの乗務員が搭乗口で私にストップをかけた。今度は後ろに乗客の長い列ができたまま。「あー、しまった。最後に乗ればよかった」と後悔したが、早く乗れるように交渉するしかないと腹をくくった。ハワイアンのおばちゃんは、私の韓国のパスポートを隅々までチェックしながら、

「Are you living in Japan?（日本に住んでるの？）」

「Yes. I'm a permanent resident.（はい。日本の永住者です）」

「Do you have a ID?（IDはもってるの？）」

パスポートに挟んでいた、日本の外国人登録証を見せた。

「Oh, Japanese.（あら、日本語ね）」

小さく英語も書いてあんにゃけど、おばちゃん見えへんのかなと思い、

「I have a re-entry, too.（ほら再入国許可もあるよ）」

と、再入国許可のスタンプを見せた。

「I see.（わかったわ）」

「どうぞ」っていう身振りでようやく先に進めた。この交渉の間、パスポートはさっと見られるくらいで、どんどん中に入っていく日本国籍の人たち。

「この人、英語で何話してんの？」と怪しい目で見られて横切られる。もう、この状況私にとっては慣れっこだけどね！　フン。

それにしても、日本の入国管理局の人の「短期滞在なら『みなし再入国』で十分です」って

いう言葉信じてたら大変だった。出国して、再入国許可のスタンプがない状態だったら、このやりとりにもっと時間がかかっていたかもしれない。相変わらず面倒だな……。

関西空港に着くと、何だかすごい入国審査の行列。日本人の列に並び、隣の列をチラリと見た。これ、「永住者専用」の列だなとすぐにわかった。私は「特別永住者（一五～一六ページを参照）」なので、日本人と同じ列に並べるが、「永住者（母の場合は、原則十年以上継続して日本に在留していて、永住が日本国の利益に合すると認められた場合（特別永住者の配偶者））」の母は一緒に並べず、いつも時間がかかり苦労していた。一般の外国人観光客の列に一緒に並んだこともあった。以前、母がうれしそうに話していた姿が思い浮かんだ。

「真ん中に新しい列ができて、もうスーッと通れんにゃから、気持ちよかったわー」

日本在住四十年を越える母が、やっと感じた解放感。もうちょっと早くできなかったかなと思う。でも、そんな母の国境や文化の感覚も、「?」なときがよくある。

ある日、石垣島で開催されたワークショップに参加していた私に母から電話がかかってきた。

「いま、石垣島だよ」

という私に、母は一言。

「そんな半分外国みたいなとこ行って何してんの！」

国境、文化、言語の感覚、はっきりしているものは何もないなっていうのが、いまの私の結論だ。

思い込みから自由になるには？

佳蓮が静かに何かしている。夕食が終わって、お風呂に入る前、悠真が一人で遊びだすと、佳蓮も自然と一人の時間に集中するようになった。ものすごい集中力。何も話さない。遠くからこっそり様子を見ていると、机の上には、折り紙、折り紙の折り方のプリント、はさみ、セロテープが並んでいる。佳蓮は一生懸命折り紙で何か作っているようだった。お風呂ができたので、作業をいったん中断したが、お風呂の後、また作業が始まった。しばらくして、「できた！」と、私につくったものを持ってきた。折り紙を上手に折って作った「カニ」だった。

「佳蓮、すごいねー。自分で作り方のプリント見て作るなんて、おかあちゃん小さいときはそんなんできひんかったわ。もうおかあちゃんをこえたな」

と伝えると、ものすごく上機嫌。

「うん、自分で作れるの。ここが目でしょ、こっちが足……」と自分の作った「カニ」の説明をしてくれる。横で見ていた夫が、佳蓮が見ていたプリントを見て、あることに気づいた。

「これ、作り方違うわ」

「へ？　どういうこと？」

プリントの作り方とは違うのに、同じような「カニ」がどうやってできたのだろう。なるほど、プリントには折り紙二枚を組み合わせて作るように書いてあるが、佳蓮のは一枚で作ってある。

「これ、自分で考えて、一枚でもできるように、はさみで切ったり、セロテープではったりして工夫してあるわ」

「え？　ほんまに？」

私は驚いて佳蓮の「カニ」をもう一度見てみた。プリントと似たような形をしているが、明らかに佳蓮のオリジナルの作品になっていた。

「うわーすごいなー」

と、感心している私たちを見て、佳蓮はとてもうれしそうに、「これ、あそこにかざっておいて」と言ったのだった。

佳蓮の創作意欲に触発されたのか、夫が自分の小さかったころの話を始めた。

「思い出したんやけど、おれ、小学校のとき、図工が一番すきやった」

「へ？　そうなん？」

数学の教員をしていた夫は、数年前に念願の家具職人の道を歩み出したのだが、そんな話は初めて聞いた。

「やっぱり、いろんな仕事したとしても、小さいころの原点に返っていくんやと思うわ」

夫は、小学生のころ、学校の管理用務員さんが、用務員室にいろんな材料を置いてくれて、一緒に鳥の巣箱を作ったり、いろんなものを一緒に作ったりして、楽しかったことも話してくれた。

「佳蓮もものづくりの道に行くかもしれへんなー。悠真は『虫』やろうし。美幸は小さいころ、何が好きやったん？」

そう聞かれて、私は「何だろう？」と思い起こした。なんにでも興味をもつ方だったので、小さいころは、いろんな習い事をしたいと親に頼んでさせてもらっていた。ピアノ、そろばん、書道、水泳……。長続きしないものもあったが、どれも自分の納得いくところで辞めたのを覚えている。でも、ひとつ、辞めたくなかったけど、家計の事情で辞めた習い事もあった。中学生のころに始めた「フラメンコ」だった。近所の友人が習いに行っていたのがとても素敵で、二年間ほど習って舞台に立つチャンスもあったが、舞台の衣装、練習用具、発表会のときのチケット購入など、財政的に厳しいわが家では続けることができなかった。もうちょっとやりたかったなーと、いまでも思うときがある。そう思うと、「やりたかったけどできなかったこと」、ほかにもあったなと思い出した。高校生や大学生のときに、英語圏に留学することもできなかった。短期や長期のホームステイ、留学に出かけられる友人たちを横目に、私は留学雑誌だけを眺めるしかなかった。

もっとやりたかったこと、あきらめたこと、いろんなことを思い出したが、「ものづくり」だけは違うなと思った。私はぶきっちょで、小学校の「図工」はとても苦手だった。作るのはもちろん、絵も苦手で、小学校のころ絵が下手すぎで放課後残されたことがあった。担任の先生は、きっと下手な子どもたちに描き方を教えるという良心であったと思うが、私にとっては「下手な人だけ残された」というコンプレックスを刻み込まれた感じがした。

中学生になって、なんとか下手ながらも、美術の絵の宿題とか自分なりに描いてもっていたのだが、当時の美術の先生からこんなふうに言われたこともあった。

「この絵は、別の絵を写したんやなきっと。こんなにたくさんバラの生花があったら、すごいお金やしな」

私はものすごくショックを受けた。わが家にあった、バラの造花の花瓶を前に置いて、私はちゃんと宿題をしたのであった。私の描いた絵と知っていた友人からは、

「美幸ちゃん、そうなん?」

と、先生からの疑惑を確認された。私は「造花を描いたの」と説明したが、きっと信じてもら

えなかっただろう。

そんな不運な出会いもあり、「図工」と「美術」「ものづくり」は、私の苦手領域となっていった。しかし、大人になった私に、「ものづくり」のチャンスがめぐってきた。

ハワイ島でのフィールドワーク中、ココナッツ編みのワークショップに参加したときのことだった。できればやりたくないなと思っていたが、めったにできないことという思いが後押しし、見よう見まねで、ハワイアンのおじさんからバスケットの作り方を教えてもらった。そのとき、自分の意外な面に気づいた。ほかの参加者よりもスムーズに編めていることだった。少しおじさんに編み方を修正してもらったが、残りはどんどん自分で編めたのである。もしかして、「ぶきっちょ」っていうのも、思い込みかもしれないなと考えが変わってきた。

寝る前、悠真に添い寝しながら聞いてみた。

「悠真も佳蓮も手先が器用でおとうちゃんに似たのかな？　おかあちゃんじゃないみたいね」

「おかあちゃんの子どもだよ。人は家族でも、性格がみんなちがうでしょ？」

「……」

はい、そのとおりです。きっと私のやりたい「夢」も「仕事」も、これから自分の思い込みの枠を外せば、もっと自由にできるんじゃないかなと、少し気楽になった。「ものづくり」もいいかもしれない。

自然のなかで人間のつながりを取り戻す

ヤゴ、カワゲラの幼虫、サワガニ、ザリガニ、タニシ、アマガエル、トノサマガエル、ドンコ、ドジョウ、ナマズのあかちゃん……。

わが家の近所にある、宝ヶ池公園の側を流れる川は自然の宝庫である。悠真も佳蓮も大好きな遊び場だ。先日、宝ヶ池公園主催の自然遊び企画で、この川を訪れたとき、小さな魚のあかちゃんたちが大量に水面を泳いでいる姿を確認できた。スタッフのお姉さんが、川遊びに夢中になっている子どもたちにしきりに注意を促している。

「生まれたての魚のあかちゃんたちはすぐに死んでしまうから、川に返してね〜」

バケツにとった小さな魚のあかちゃんが苦しそうな姿をみて、すぐに悠真に「早く川に返してあげよう」と言って順番に川に戻した。極小のあかちゃんたちが泳いでいる姿は本当にかわいらしい。そして、こんなに豊かな「いのち」たちを育ててくれるこの自然にも感謝だな〜と思っていたとき、スタッフのお姉さんがみんなに説明を始めた。

「みんな、ちょっと聞いてね。実は、この川の生き物たち、去年の十月ごろ全部死んでしまったの。でも、やっと川の生き物たちが戻ってきたの。だから、あかちゃんたち大切にしてね」

「へ？　全滅ってどういうことだろう？」とすぐにわからなかったので、スタッフのお姉さんに後から聞いてみた。

「去年の十月、この川で何があったんですか？」

「うーん、上流から何か流れてきたみたいなの」

「何が流れてきたのかわからないんですか？」

「水質検査をしても何も出てこなくてわからないんだけど、川が白くなって、生き物たちが全部水面に浮いてたの。ちょっと異常な光景で……。上流で故意でないにしろ、何かを流したんだと思うわ」

今後も何かの液体が流れてくる可能性が拭えないこと、子どもたちの遊び場ということもあり、とても不安な気持ちになった。故意ではなくても、自然を脅かしていること、自分はどうだろうか？　食器の洗剤、漂白剤など、家のそうじグッズも気になった。わが家から出しているゴミだってそうだ。そんなことを考えているとき、ふと六年前の震災のことを思い出した。

夫の故郷が仙台ということもあり、震災の情報は自分たちに近い家族や親戚の状況と重なって、胸が痛んだ。友人たちも含めて命は全員とりとめたが、なかには家を流された人、引っ越しを余儀なくされた人、さまざまであった。そんなとき、海の中の生物の調査をしていた人たちのドキュメンタリーが放送された。津波でぐちゃぐちゃになっても、原発の被害があっても、魚や貝など、海の生き物たちは確実に戻ってきていた。再生の力、もう一度やり直す希望を自然のなかにみることができた。

ただ、人間たちを見ると、どんどん「分断」が進んでいるように思えた。震災後、各人がとるいろんな立場で、人間同士の関係が「分断」された。震災直後に宮城や福島県外に避難したかどうか、原発事故による放射能汚染の影響を心配するかどうか、自分の暮らしている地域の土壌や食物をどこまで食べるか……。選択のたびに人々の間に亀裂が生じた。

震災直後、原発事故がおこり、仙台市内に暮らす家族たちは微妙な立ち位置にいた。避難すべきかどうか……。日本政府からの情報は何もない。そんなとき参照したのは、アメリカ政府の情報だった。原発から一〇〇キロ圏内にいる人々は避難するように情報が流れたのだった。その情報を見た家族たちはいったん、私たちが暮らす京都に避難することにした。福島は通れない。山形まで出て、新潟、北陸を通って、関西までやってきた。京都で二週間ほど過ごしたが、その後仙台の町が少しずつ動き始めたのを確認して、全員仙台に戻っていった。

それでも、その二週間仙台にいなかったことを少なからず責めた人もいた。また、何だかいなかったことを申し訳なく思う場面もあったかもしれない。

震災から五年がたったころ、久しぶりに家族で仙台に戻った。仙台に戻るとき、いつも一緒におしゃべりするのを楽しみにしている人がいる。兄嫁のいずみちゃんだ。年は私よりも下だが、自然やいのちを大切にした独自の活動を行っている人で、毎回とてもおもしろい話が聞ける。前回来たときは、田んぼや畑を友人たちとやっている話、飼っている鶏のエピソードが自由奔放で楽しかった。今回は何が聞けるだろうか……。いろいろ一通り話した後、いずみちゃんのお子さん、みちおくんがまもなく小学校に入学するということで、給食の話になった。「放射能の影響とか、食べ物のこととか、保護者同士で話にならないの？」と聞いてみた。すると、いずみちゃんは少し考えて、「話が出ないんですよね」と言った。「へ？ どういうことだろう？」と思い、私は聞き返した。

「話に出ないってどういうこと？」

「口に出さないっていうのかな。もう放射能のことをどう考えるかっていうのが、個人の志向の問題みたいになってきてるんです」

「へ？ それっておかしくない？」

「……そうなんですよね。おかしいって思うんです」

「だって、個人の志向の問題じゃなくて、社会の問題やん！」

「私もそう思うんですよ。でも……」

仙台で暮らしているいずみちゃんが言葉を濁すということは、口に出すのが難しい状況があるに違いない。社会の問題であることを明言して、個人の志向や責任にしない工夫って何があるんだろうか？
そんなとき、私はある本の一節を思い出した。エドワード・サイード（大橋洋一訳）『知識人とは何か』（平凡社、一九九八年）の一節である。

「知識人がなすべきことは、危機を普遍的なものととらえ、特定の人種なり民族がこうむった苦難を、人類全体にかかわるものとみなし、その苦難を、他の苦難の経験とむすびつけることである。（中略）ある場所で学ばれた抑圧についての教訓が、べつの場所や時代において忘れられたり無視されたりするのをくいとめるということである」（八三ページ）

私が大学院に入学した日から、もう十年以上が経とうとしている。研究員から講師になり、「研究者」という肩書を名乗るようになった。研究は、日韓の平和や多文化共生教育ということをテーマにしてきた。その間、ふとしたとき、いつもこの言葉が私の胸に突き刺さる。あなたは、ある場所での苦難を忘れ去られたり、無視されたりするのをくいとめるような仕事ができてきたのかと……。苦難の想像力をつなげる仕事をすること、今後の私の大きな目標になりそうだ。

あとがき

「境界」にいつも心ひかれる。

この十年間を振り返ってみても、私が研究のフィールドワークで通っているのは、沖縄本島、石垣島、ハワイ島、カウアイ島など、「島」ばかりだ。もちろん国と国との境界ともいえるし、文化が融合してゆるやかに混じり合っているポイントでもあるからであろう。あともう一つは、生と死の境界があいまいなところも居心地がいいのかもしれない。

ハワイ島、カウアイ島では、ハワイを代表する女神の一人「ペレ」が、人間のおばあさんとなっていまでも道にたたずんでいることがあると話を聞いた。体調が悪くなったら、まず海に入って体をデトックスして、薬草をせんじたものを食べたり、体にはったりして、回復をまつということも教えてもらった。

沖縄本島、石垣島では、見えないはずのご先祖様が見える人たちがいることを聞いた。伝統的な行事では、やはり海で体を清めることが大切にされ、海や自然にまつわる伝説、神様の存在も多く伝えられていた。

境界にある島々の人々が伝えるのは、人間は自然のなかに生かされているということ、そして、そのなかでいかに共に支え合って生きていくかという知恵であった。

いま世界を見渡してみると、時の為政者たちは、「自分が」「自分の国が」と、自分のことばかり優先しようとし、昔から人々が伝えてきた共に生きる知恵を無視しているかのようにみえる。自制することができなくなった人間の行く先には何が待っているだろうか。

そんな時代だからこそ、一つひとつ足元から、平和に自然のなかで生かされてきた人間の知恵を活かしていく方法を、自分で模索しなければと思う。本書は、私にとってそんなささやかな試みの一つである。

なお、本書は、第四十回部落解放文学賞 記録・表現部門 入選作「境界に生きる」（本書Ⅰ、Ⅱ）に、Ⅲを書き加えて一冊にまとめました。

本書をまとめるにあたって、家族、友人、フィールドワーク先で出会った方々など多くのみなさまにご支援いただいた。また、編集作業を丁寧に進めてくださった解放出版社の尾上年秀さんにも心より感謝いたします。

二〇一七年八月　娘と流星群を見たあとに

孫　美幸

孫 美幸（そん みへん）
大阪大学大学院人間科学研究科附属未来共創センター講師。
2000 年に京都市公立中学校で初めての外国籍教員として採用。
2010 年立命館大学大学院社会学研究科博士課程修了。
2014 年、ノンフィクション作品「境界に生きる」が、第 40 回部落解放文学賞 記録・表現部門で入選。
著書に、『日本と韓国における多文化共生教育の新たな地平―包括的な平和教育からホリスティックな展開へ』（ナカニシヤ出版、2017 年）がある。

境界に生きる――暮らしのなかの多文化共生

2017 年 10 月 20 日　第 1 版 第 1 刷発行

著者　孫 美幸 ©

発行　株式会社　解放出版社
〒552-0001 大阪市港区波除 4-1-37　HRC ビル 3F
TEL 06-6581-8542　FAX 06-6581-8552
東京営業所
〒101-0051 東京都千代田区神田神保町 2-23 アセンド神保町 3F
TEL 03-5213-4771　FAX 03-3230-1600
振替 00900-4-75417　ホームページ　http://kaihou-s.com
装幀　森本良成
本文レイアウト　伊原秀夫

印刷・製本　モリモト印刷

ISBN 978-4-7592-2350-7　C0037　NDC 370　126P　19cm
定価はカバーに表示しております。落丁・乱丁おとりかえします。

障害などの理由で印刷媒体による本書のご利用が困難な方へ

本書の内容を、点訳データ、音読データ、拡大写本データなどに複製することを認めます。ただし、営利を目的とする場合はこのかぎりではありません。

また、本書をご購入いただいた方のうち、障害などのために本書を読めない方に、テキストデータを提供いたします。

ご希望の方は、下記のテキストデータ引換券（コピー不可）を同封し、住所、氏名、メールアドレス、電話番号をご記入のうえ、下記までお申し込みください。メールの添付ファイルでテキストデータを送ります。

なお、データはテキストのみで、写真などは含まれません。

第三者への貸与、配信、ネット上での公開などは著作権法で禁止されていますのでご留意をお願いいたします。

あて先：552-0001 大阪市港区波除 4-1-37 HRC ビル 3F 解放出版社
『境界に生きる』テキストデータ係

テキストデータ引換券
『境界に生きる』
2350